...ZONE...

...GEFÄHRLICH...
...UND...

Krimi von Melany de Isabeau

Sabrina Whitestrom und Leonardt Johnson in dem Film mit nun sehr rührenden Liebesepos. Minus mal Minus ist plus. Ironischerweise konnten weder Hans-Jürgen noch Nicole diesen Film vermeiden.

*

Der Kinosaal war mit weinroten Vorhängen und bequemen Polster- sitzen waren im gleichen Farbton ausgestattet. Der Film lief seit zwanzig Minuten, doch die wenigen Zuschauer wurden jedoch zunehmend unruhiger. Getuschel, flüsternde Worte. Dann irgendwo ein heißeres, aufgebrachtes hey, hey aus Richtung der Leinwand.So wenig Menschen jedoch wie heute Abend hatte Nicole in ihrem Lieblingskino noch nie erlebt. Und besonders, in den vorderen Sitzen herrschte Unruhe, die sich immer weiter aufschaukelte. Zum Glück hatten es sich die zwei im hinteren Drittel des Saals bequem gemacht. Nicole stieß Hans-Jürgen leicht an und deutete nach vorn.

Dieser hob jedoch die Schultern und schüttelte mit dem Kopf.

So schlecht ist der Film nun auch wieder nicht, oder?"

Nicole wandte sich ihm vollends zu. Das Gesicht zu einer vielsagenden Miene verzogen, als sie ein Na ja, von sich gab.

Hans-Jürgen lachte.

Okay, du hast ja Recht. Man hätte die Story nun an manchen Stellen sicher noch optimaler ausreizen können."

Jetzt war es Nicole, die ein lautes Kichern unterdrücken musste.

ISBN: 978-3-8192-9604-8

© 2025 Melany de Isabeau
Verlag:
BoD · Books on Demand GmbH,
Überseering 33, 22297 Hamburg,
bod@bod.de
Druck:
Libri Plureos GmbH,
Friedensallee 273,
22763 Hamburg

Noch optimaler...? Welche Story?"
Ihre Stimme quietschte, so dass sie erschrocken eine Hand auf den Mund legte. Für ein jedoch erstes Treffen, welches Hans-Jürgen und sie hierher geführt hatte, war dieser Film geradezu ein Reinfall.
Ich will nicht übertreiben, aber dieser Streifen ist Gottes schlecht."
Ich werde dir jedoch nicht widersprechen."
Auf den vordersten Rängen jedoch wurden wieder Stimmen laut. Nicole zuckte zusammen, als eine Flasche an der Leinwand zerplatzte und einen dunkelbraunen Fleck hinterließ. Ein Mann schrie etwas und rannte fluchend den breiten Mittelgang zwischen den größtenteils leeren Sitzreihen hinauf. Die Augen weit aufgerissen.

Er presste die rechte Hand auf den linken Unterarm. Als er vorbei rannte, blieb Nicole das Lachen im Hals stecken. Das Blut sickerte am Ellenbogen durch den Hemdärmel und hinterließ dunkle Flecke auf seiner hellen Hose.

Was zur Hölle ist denn da vorne nur los ?"

Hans-Jürgen schüttelte nur mit dem Kopf. „Keine Ahnung!"

Den Versuch der Handlung des Films zu folgen hatte er schon lange aufgegeben. Die Bilder rauschten einfach über ihn hinweg.

Wir hätten uns von Anfang an für den Film die Killer Bienen, jedoch entscheiden sollen."

Hans-Jürgen schaute sie nur ganz erstaunt an. „Was?"

Ich wollte nicht gleich, beim ersten

Treffen, dich mit so etwas vor den Kopf stoßen."

Er legte ihr seinen Arm um die Schultern.

Hey, da haben wir doch schon mal was gemeinsam."

Zehn Minuten später hatten die zwei den Saal verlassen. Nicole atmete auf, als die schwere Metall Tür hinter ihnen zuschnappte.

Ich hätte es keine Sekunde länger ausgehalten."

Im gedämpften Licht de Ganges konnte Hans-Jürgen erkennen, wie sehr dieser Kinobesuch Nicole mitgenommen hatte. Sie war etwas bleich im Gesicht. Sogar einige Schweißperlen glänzten auf ihrer Stirn, obwohl der Saal klimatisiert war. Es war angenehm.

Diese Spinner!Auch noch nie hatte

Nicole zuvor einen Tumult, jedoch, während des Films erlebt. In keinem Kino und schon gar nicht hier in ihrem Stammkino, in dem sie sich mittlerweile jedoch fast, wie zu Hause fühlte. Doch bei der heutigen Vorstellung ist ihr zum ersten Mal im Leben in einem Kino schlecht geworden und ganz sicher nicht nur aufgrund des Films.

Auf dem Weg zwischen den dunklen Sitzreihen entlang die Treppe hinauf zum oberen Ausgang, schien das flaue Gefühl im Magen von ihrem ganzen Körper Besitz zu ergreifen. Ihr Daumen deutete auf die Toiletten.

Entschuldigst du mich kurz, einen Augenblick."

Hans-Jürgen nickte.

Er wartete, bis sie dann durch die automatisch endlose, langsame, schließende Tür nun verschwunden war.

Schon komisch, wie heute Abend alles lief. Vielleicht ließ sich der Abend ja doch noch retten. Hans-Jürgen wollte den Abend retten. Irgendwie!

Mit einem Klick ließ der, jedoch endlos langsame automatische Türschließer, die von Nicole geöffnete Tür, dann ins Schloss schnappen. Beinahe so, als wollte er den Schrei jedoch von drinnen dämpfen. Hans-Jürgen zuckte zusammen und stürzte Nicole nach. Er riss die Tür zum Raum mit den Waschbecken auf und wäre fast mit Nicole zusammen-geprallt, welche ihm kreidebleich entgegen kam. Ein säuerlicher Geruch drang aus dem gekachelten Raum.Der beißende, ekelerregende Geruch von Erbrochenen.

Nicole starrte ihn aus weit aufgerissenen, feuchten Augen an. Im eisigen Licht der blanken Neonröhren wirkten ihre Augen wie dunkle Löcher in der Fassade aus kreidig bleicher Haut.

Was ist denn los?"

Nicole schnappte nach Luft und schob Hans-Jürgen zurück. Dieser versuchte jedoch, einen Blick in den Nebenraum zu erhaschen, doch er wurde bereits rückwärts durch die Tür hinaus bugsiert.

Was ist denn passiert? Komm, sag schon."

Nicht der Rede wert, es geht schon wieder."

Nicole holte Luft, als wäre der Sauerstoff hier draußen auf dem Gang sauberer.

Du wirkst aber ganz und gar nicht so, als wäre nichts passiert! Was war denn nur los?"

Er wollte an ihr vorbei, doch sie verstellte ihm den Weg.

Hey, Hans-Jürgen, wolltest du heute Abend nicht eine Travis Bernstein Gänsehaut? Und du bist nun voll darauf reingefallen!... Außerdem ist das hier auch nur, eine Damentoilette."

Sie erzwang ein Grinsen, aber ihre Stimme klang noch immer zittrig.

Das kauf ich dir nicht ab!"

Er schob sie zur Seite und betrat den Vorraum. Er starrte auf eine Reihe weißer Waschbecken vor einer hellblauen gefliesten Wand, welche vor über zwanzig Jahren modern gewesen war. Ihm wurde übel bei dem sauren Geruch. Hans-Jürgens Schritte durchmaßen den Raum und steuerten dann auf den Durchgang am anderen Ende zu.

Nicole folgte ihm und griff nach seiner Schulter.

Bitte, Hans-Jürgen, gehe dort nicht hinein!"

Anders als vorhin hatte jedoch ihre Stimme, jetzt einen dringlichen, flehenden Klang.

Lass uns verschwinden und diese ganze Angelegenheit vergessen. Es war wirklich nur ein ganz dummer Scherz von mir!"

Hans-Jürgen schüttelte sie jedoch behutsam ab. Vorsichtig näherte er sich den Durchgang.

Hans-Jürgen, komm zurück.

Verdammt noch mal, komm her! Was bringt es dir denn, da hinein zu gehen. Immerhin ist das noch immer die Damentoilette! Lass unseren Abend noch nicht beendet sein, bitte!"

Hans-Jürgen ignorierte ihr Zerren an seinem Arm und schob sich näher heran. Jetzt wo nun Nicole schwieg, war es jedoch plötzlich unheimlich ruhig. Plisch, Platsch... Irgendwo tropfte Wasser, das nun einzige wahrnehmende Geräusch. Sein Blick strich über die vielen Toilettentüren, welche sich lang, aneinander reihten...

Die meisten waren angelehnt, manche standen einladend offen. Er spürte Nicole hinter seinem Rücken, fühlte ihre Nervosität. Wieder wanderte sein Blick um.

Dann trat er vollends ein und sah sich um.

He Nicole, komm her und sieh dir das an..."

Zögernd kam sie um die Wandecke. Blitzartig drehte sich Hans-Jürgen zu ihr um.

Puh!" Doch sie erschrak nicht mal ein wenig.

Du bist wirklich gut, Nicole. Ehrlich! Für einen kurzen Augenblick hatte ich echt eine Scheißangst."

Sie starrte ihn mit offenem Mund an. Nicole sah sich um. Ihr Gesicht zeigte große Fassungslosigkeit, Bestürzung und auch aufrichtiger Erleichterung. Sie atmete immer noch flach. Hans-Jürgen drückte sie zärtlich an sich.

Du scheinst ein seltsames Original

zu sein. Die Vorstellung war auch tatsächlich, bühnenreif."

Nicole befreite sich aus seinem Griff, rannte von Tür zu Tür und starrte in jede einzelne Kabine. Schließlich blieb sie vor der drittletzten Kabine stehen.

Es war hier, genau hier!"

Sie deutete mit dem Finger auf den gefliesten Boden.

Wer war dort?"

Langsam schlich sich etwas Ärger in seine Stimme.

Nicole zuckte mit den Schultern.

Keine Ahnung was es war. Ich habe es jedoch auch nur durch einen Waschbeckenspiegel im Nebenraum gesehen."

Ein Mann oder was?"

Ich weiß es wirklich nicht. Da lag etwas auf dem Fußboden, und jetzt

ist es weg! Langt das nicht?"
Sie sah sich noch einmal im Raum um.
Vielleicht ist es ja auch durch diese angelehnten Lüftungsklappen dann entkommen."
Hans-Jürgen blickte sie jedoch mit verzerrten Mundwinkeln an und nickte.
Das glaubst du wirklich, oder? Vielleicht ist auch nur deine überdrehte Phantasie in dieser Stille mit dir jetzt durchgegangen? Du wolltest mir nun einen Ersatz für diesen miserablen Film liefern und das ist dir mehr als nur gelungen. Doch jetzt höre bitte auf damit."
Verdammt Hans-Jürgen!... Aber wahrscheinlich hast du Recht. Wir sollten die ganze Sache jedoch vergessen."

16

Er zog sie erneut zu sich.

Ich mag dich, ehrlich. Du hast schon einen seltsamen Humor, aber das macht nichts. Immerhin hat es Spaß gemacht. Na ja, Spaß ist vielleicht nicht das treffende Wort. Es war deutlich realer, als Bernsteins" großes Kino. Du kannst ihn locker in den Schatten stellen."

Nicole zwang sich doch noch, zu einem Lächeln.

Wenn du das sagst. Ich sollte das wohl als ein Kompliment auf-fassen. Aber lass uns endlich von hier verschwinden, ich will nicht noch länger hier auf den Klos herumlungern..."

Das sie sich noch vor wenigen Augenblicken hier übergeben hatte, verschwieg sie Hans-Jürgen.

Der saure Saft war ihr sogar durch die Nase gekommen und jetzt glaubte sie selbst schon beinahe, dass ihr nur die überspannten Nerven übel mitgespielt hatten.

*

Die Nacht war dunkel und frisch.
Sie verließen das Kino durch den Haupteingang. Hans-Jürgen fragte sich jedoch, ab wann es an diesem schönen Abend angefangen hatte, schief zu laufen. Er gelangte zu keiner brauchbaren Antwort. Lag es an Nicole? Er kannte sie jedoch erst seit wenigen Stunden. Sympathischer Ersteindruck. In manchen Momenten erschien sie ihm sogar beinahe vertraut. Doch dann plötzlich... Das nun schlechte Gefühl, blieb...

Etwa so.. Wie wenn man auf einer Autobahn einer pechschwarzen Gewitterfront entgegen fuhr. Man sah das Unheil kommen, konnte aber nicht das Geringste tun, um es aufzuhalten. Hans-Jürgen überlegte, ob er am heutigen Abend nicht irgendwann eine wichtige Abfahrt übersehen hatte. Wo hätte er sich anders entscheiden müssen? Etwa schon ganz zu Beginn?

*

Hans-Jürgen klingelte an der Tür. Der Abend war noch jung. Noch hatte er ein gutes Gefühl bei der Sache. Zum Glück ahnte er nicht, was ihm heute noch alles bevor stand.

Die Kontaktanzeige war ihm sofort aufgefallen. Hoffentlich war Nicole nicht eine dieser Hochstaplerinnen. Aber der fünf Zeilen Text klangen nicht gut, um wirklich wahr zu sein. Gerade die Bescheidenheit, welche aus dieser Hand voll Buchstaben sprach, hatte jedoch seine Aufmerksamkeit erregt. Das war der Grund, weshalb er heute Abend hier war.

Die sengende, schwüle Hitze des Tages lastete noch immer zwischen den Häusern und schmalen Gassen der Kleinstadt. Wahrscheinlich würde in dieser Nacht noch ein heftiges Gewitter alle schlafenden Bewohner jedoch, aus ihren Betten schrecken.

Sein Auto stand bereits über fünf Minuten vor dem Haus mit der Nummer dreiundzwanzig. Eine Seitenstraße. Hier war er richtig!

Noch immer fühlte sich Hans-Jürgen unschlüssig. Schließlich war es das erste Mal, dass er auf eine solche Anzeige geantwortet hatte.

Warum nicht? Was sollte schon passieren? Schlimmer als ein katastrophales Desaster mit Rausschmiss konnte es schließlich nicht werden, oder doch? Er wollte sich lieber nicht vorstellen, was alles passieren mochte. Bis hin zur schizophrenen Psychopathin, die ihn dann fesseln und danach bei lebendigen Leib mit Messer und Gabel verspeiste, kamen ihm tausend Ideen und Einwände, weshalb er nicht an dieser Tür klingeln sollte.

Das ist lächerlich, Hans-Jürgen! Immerhin hast du mit dieser Frau schon weit, an die zehn E-Mails ausgetauscht.

Kann man einen Menschen nicht schon anhand seiner Schreibe einschätzen? Wenigstens etwas? So sehr kannst du dich nicht täuschen, oder? Hans-Jürgen schüttelte alle hässlichen Einwände jedoch ab. Schließlich hätte er sich all die Gedanken bereits auch schon zu Hause machen können. Sein Entschluss stand fest. Er würde jetzt da hinauf gehen und sehen, was ihn erwartete! Er griff nach der einzelnen Rose, welche auf dem Beifahrersitz wartete. Die Autotür fiel ins Schloss und kurz darauf befand er sich auf den Treppenstufen zum Eingang des Reihenhauses.

Über der Klingel war jedoch ein

kleines, verschnörkelt, goldfarben Blechschild mit Hinweis montiert: Nicole Ben Mamas.

Vorsichtig drückte er den Klingel-Knopf. Entfernt war nun das leise Ding - Don zu vernehmen, sonst war es heute Abend still in den Straßen und der drückenden Hitze. Irgendwo begann eine Feuerwehr Sirene ihr klagendes Lied. Der heulende Ton quälte sich durch die zum schneiden dicke Luft über den Dächern und hallte in den engen, gepflasterten Gassen nieder.

Er klingelte noch einmal, da hörte er jedoch, bereits jemanden, auf einer Holztreppe ins Erdgeschoss poltern. Das Türschloss klapperte, dann bewegte sich die Klinke.

Hans-Jürgens Herz schlug nun, wie wild vor Aufregung.

Wieder klapperte irgendwas, ehe sich die Tür endlich einen Spalt weit öffnete.

Dahinter ein fragendes Gesicht. Das erste was Hans-Jürgens Augen erblickten, waren die feuerroten Haare. Das Gesicht wirkte dadurch fast blass in der Abendsonne. Ihre giftgrünen, fragenden Augen musterten ihn von oben bis unten. Ja?"

Hans-Jürgen setzte ein freundlich, lächelndes Portier Lächeln auf.

He, ich bin es, Hans-Jürgen Boche. Ich wollte zu Nicole?"

Sie stutzte einen Augenblick, doch dann verzogen sich ihre Lippen zu einem Lächeln. „Oh", das war das Einzige, was sie hervorbrachte. Zehn Sekunden später wurde die Kette geschoben, und die Tür auf.

Jetzt konnte Hans-Jürgen die hochgewachsene Frau das erste Mal komplett sehen. Das war mehr, viel mehr, als er erwartet oder erhofft hatte. Diese Frau da vor ihm hatte zart geschnittene Gesichtszüge mit smaragdgrünen munteren Augen, welche von den langen, feuerroten Haaren wild eingerahmt wurden. Ihr Blüten-weißes Top ließ ihre Hüften jedoch unbedeckt. Hans-Jürgen ertappte sich, wie er auf ihren Bauchnabel starrte. Barfuß stand sie vor ihm auf den rauen Bodenfliesen. Sie hielt ihm eine Hand entgegen.

Entschuldige bitte. Ich äh..." Hallo erst mal."

Du bist Nicole?"

Sie nickte. Ja! Komm doch erst mal rein. Bitte!"

Hans-Jürgen sah sie nun fragend an und versuchte zu lächeln. Die Aufregung kaufte er ihr locker ab, schließlich fühlte er sich nicht viel anders.

Du bist ziemlich verwirrt? Weshalb denn?

Nicole durchquerte dann, vor ihm den Flur.

Na ja, weißt du, ich habe gar nicht so richtig mit deinem Erscheinen gerechnet."

Wieso denn das?"

Jetzt war es Hans-Jürgen, erstaunt dreinzuschauen.

Wir hatten uns doch für heute Abend verabredet, oder?"

Sie lachte nur trocken.

Sicher. Das habe ich schon zwei Mal durch. Immer in der Hoffnung gespannt, wer erscheinen wird.

Doch bis jetzt ist kein einziger je erschienen."

Hans-Jürgen betrat das stilvoll eingerichtete Wohnzimmer und nahm auf der angebotenen Couch Platz.

Haben sich diese Kerle einfach gar nicht mehr bei dir gemeldet?"

Nicole nickte. „Die haben mich schlicht und einfach versetzt. Ich erinnere mich noch genau an die erste Verabredung. Jedenfalls hatte ich mir mit den Vorbereitungen zum Abendessen wirklich Mühe gegeben. Kerzen angezündet und so weiter. Am Ende habe ich allein am Tisch gesessen. Genug fürs Frust essen hatte ich ja."

Hans-Jürgen wollte etwas sagen, aber ihm fiel einfach nichts ein als ein „Oh."

Mit dem Anderen war es ähnlich. Lange Zeit war es auch ruhig, dann flatterte deine E-Mail ins Haus. Ich habe hin und her überlegt. Wie du siehst, bin ich schließlich zu einem Entschluss gelangt. Einmal noch, probierst du es! Ein allerletztes Mal! Aber diesmal wollte ich mich auf gar keinen Fall wieder so fertig machen, wie damals. Von vorn herein bin ich diesmal davon ausgegangen, dass es genauso laufen wird, wie die beiden Male zuvor."

Scheinbar hast du dich auch diesmal wieder getäuscht. Ich bin hier, wie du siehst! Wenn es dir aber heute nicht passen sollte? Könnten wir ja..."

Nein, nein!" Nicole sah ihn mit weit aufgerissenen Augen an.

Bitte nicht. Es tut mir nur leid, dass

ich jetzt so unvorbereitet bin. Und dass ich dich mit meinem ganzen Kram nerve. Ich rede schon wieder zu viel!"

Nein, ist schon gut. Beruhige dich. Es gibt überhaupt keinen Grund, sich aufzuregen. Ich bin doch auch ganz schön nervös."

Nicole, lief im Raum auf und ab, blieb stehen und sah ihn an.

Du bist keine fünf Minuten hier und ich quäle dich schon mit meiner Lebensgeschichte?"

Komm her, setz dich mit auf dieses Sofa und atme erst dann, einmal tief durch."

Sie befolgte nun seinen Vorschlag. Ihre langen roten Haare fielen nun, ungeordnet, über die Rückenlehne.

Ich kann es immer noch gar nicht fassen... , weshalb, antwortet einer wie du, auf so eine Anzeige?"

Hans-Jürgen sah sie an und grinste.

Wahrscheinlich aus dem selben Grund, wieso eine so wunderschöne Frau wie du, jedoch so eine Annonce aufgibt."

Hans-Jürgen verfolgte, wie ihr das Blut ins Gesicht schoss.

Sag mir doch, weshalb du das, nun getan hast?"

Jetzt kam sie ernsthaft ins Stottern. Das erste Mal, dass es ihr nun die Sprache verschlug.

Komm schon, sag es frei von der Leber weg. Das sollten wir sowieso von Anfang an so halten. Alles unverblümt ehrlich sagen, auch wenn du Angst davor hast, mich vor den Kopf zu stoßen. Eine kleine Abmachung an die wir uns dann jedes Mal erinnern und uns nichts übel nehmen dürfen. Wenn ich anderer Meinung bin, sage ich das einfach. Von was man sich beleidigen oder kränken lässt, ist jedoch letztlich nur eine Frage der persönlichen Toleranzgrenze – oder so ähnlich? Diese Regel stand in einem uralten chinesischen Weisheiten Band."

Hans-Jürgen lachte laut und Nicole kicherte.

Gefällt mir, dein Buchband. Diese Grenze bestimmt man immer noch selbst."

Dann wurde sie jedoch sehr ernst. So eine Abmachung kann nützlich sein. Das heißt, ich soll dir freiheraus und ungeschminkt das Sagen, was ich denke? Gut! Die Anzeige habe ich erst nach langem Zögern abgesendet.

Ich fühlte mich einsam, sehnte mich nach einer Schulter zum Anlehnen und nach Zärtlichkeit."

Nicole schien diese Abmachung viel ernster zu nehmen, als er seinen Spruch gemeint hatte. Und behutsam legte er seinen Arm um ihre Schulter und zog sie zu sich, bis sich ihr Kopf an seinen Hals schmiegte. Nicole schien im ersten Augenblick zu zögern, doch dann lehnte sie sich gegen ihn. Wie lang' hatte sie das bereits vermisst?

Er konnte ihre Wärme und das seidige Haar auf seiner Haut nun spüren. Und es fühlte sich gut an!

Du wirst es nicht glauben, aber ich habe tatsächlich aus genau den gleichen Gründen geantwortet. Jeden Tag allein zu verbringen, erschien mir als Zeitverschwendung.'

Hans-Jürgen spürte jedoch ihr zustimmendes Nicken und hatte jedes einzelne Wort auch genau so gemeint, wie es nun ausgesprochen war... , und ich hätte nie damit gerechnet, hier auf so eine wunder- volle Frau zu treffen."

Sein Arm lag noch immer auf ihrer Schulter, doch jetzt streichelten seine Finger sie sanft.

Schweigen.

Und was wollen wir mit dem an- gerissenen Abend anfangen? Ich habe leider nicht das Geringste vorbereitet."

Was soll' s. Sag einfach, was du am liebsten tun würdest."

Nicole zögerte.

Wie wäre es denn, mit einem kleinen gemütlichen Kinobesuch?" Fragend sah sie auf Hans-Jürgen.

Danach vielleicht noch..." Sie zögerte, ihre Augen sahen ihn fragend an.

He, denke ans alte China?"

Sie nickte.

Okay! Also erst Kino, dann würde ich gerne noch etwas Tanzen gehen und danach..." Sie grinste ein klein wenig schelmisch.

Klingt verdammt sehr gut." Dann berührten seine Finger zärtlich ihre Schulter.

Worauf warten wir noch?"

Sie nickte und keine drei Minuten später passierten die beiden bereits die Eingangstür nach draußen. Nicole verriegelte das Schloss, doch als Hans-Jürgen die Stufen hinuntergehen wollte, hielt sie ihn zurück.

Warte, bevor wir aufbrechen, muss

ich dir unbedingt etwas sagen."

Erwartungsvoll sah dann Hans-Jürgen, in ihre schönen Smaragd-Grünen Augen.

Ihr Gesicht verzog sich zu einer Grimasse, als sie zu sprechen begann. Es fiel ihr sichtlich sehr schwer.

Hör zu, Hans-Jürgen. Bitte sei mir nicht böse, aber ich muss dir vorher noch etwas gestehen..."

Dieser zuckte innerlich zusammen. Das war es also. Nun kam der Hammer. So etwa wie: Ich bin verheiratet. Oder: Willst du heute Abend noch meinen Freund kennen lernen? Der würde dich auch gern vernaschen. Hans-Jürgen erschauderte bei dem Gedanken.

Ihre kleine Hand griff nach seiner.

Wie es jedoch aussah, musste sie tatsächlich einige Kraft aufbringen, um das Folgende auszusprechen:

Hör zu, Hans-Jürgen, ich bin gar nicht Nicole."

Schweigen. Wieder ertönte das verzweifelte Kreischen einer weit entfernten Sirene über den hohen Dächern.

Doch überraschenderweise reagiert Hans-Jürgen völlig anders, als sie befürchtet hatte.

In Ordnung, was macht ein Name für einen Unterschied?"

Dann tippte er ihr mit dem Zeige-Finger gegen den Bauch.

Nicole Interny nehme ich an?"

Sie nickte.

Ich wollte doch... auch nur nicht... das jemand..."

Hans-Jürgen, legte ihr dann, seinen

ausgestreckten Zeigefinger auf den Mund.

Es ist schon gut. Niemand wird deinen Nachnamen erfahren. Es ist schon eine verrückte Welt, oder? Man muss anonym bleiben, um sich vor ihr zu schützen."

Du hast so Recht."

Gemeinsam liefen sie dann die menschenleere Straße langsam hinunter in die Dämmerung. Auf der vierspurigen Hauptstraße war zu dieser Uhrzeit ungewöhnlich wenig Verkehr.

Ich mag dich so, wie du bist", flüsterte Hans-Jürgen. „Wenn ich mich recht erinnere, passt dein Äußeres ja zu dir. Deine Augen, die krass roten Haare. Ist die Farbe echt?"

Nicole bedachte Hans-Jürgen mit

einem Blick, der ihn unter anderen Umständen womöglich auf der Stelle in Dampf aufgelöst hätte. Doch anstatt seine Frage jedoch zu beantworten, stürzte es ihn nur in noch größere Unwissenheit.

Die Straßenlaternen tauchten die Umgebung in ihr rötliches oranges Natriumlicht. Eigentlich hätte der Straßenzug mit seinen vielen Allee Bäumchen jedoch idyllisch wirken müssen. Doch diese, allzu große Ruhe verunsicherte Hans-Jürgen. Er tadelte sich selbst. Ständig wünschte man sich dann weniger Verkehr, mehr Ruhe, doch wenn das endlich einmal zutrifft, war es dann wieder nicht recht.

Wenn jetzt noch der Mond aufgeht, wird das noch ein richtig schöner, romantischer Spaziergang."

Nicole hakte nun ihren Arm unter seinen. „Ja, ich mag die Ruhe."

Ein Notarztwagen kam mit Blaulicht vorbeigerast, dicht gefolgt von zwei Krankentransporten und einem Polizeiwagen. Der Krach war ohrenbetäubend.

Wer weiß, was heute Abend wieder los ist? Wahrscheinlich wieder einer dieser nervenden Unfälle am Ostende."

Wie auf Kommando donnerte ein Zug Feuerwehrfahrzeuge vorbei. Nicole bezweifelte das irgendwie.

Zwanzig Minuten später erreichten die zwei das Kino. Keines ein der großen, Top modernen, sondern eher die Art der kleinen Provinz-Kinos, wie man sie heute nur noch selten antrifft. Klein, aber jedoch sehr gemütlich.

39

Von weitem konnte Nicole die Leuchtreklamen schon sehen.

Heute 20.15 Uhr: Kino 1:

Der Klassiker in einer brandheißen Neuverfilmung: Angriff der Killer-spinnen.

Mehrere defekte Leuchtbuchstaben blieben dunkel oder flackerten.

Nicole blickt auf die Programm-tafel. Autsch! Der Film lief also tatsächlich schon im Kino. Das hatte sie völlig verschlafen.

Immer wieder schielte sie zu den Plakaten hinüber. Sollte er doch entscheiden!

Und was denkst du, Hans-Jürgen?"

So und nicht anders, war jedoch, Hans-Jürgen Boky in diesen Haar-stäubenden Film geraten. Doch es war nicht er Film gewesen,der ihm diesen Hauch von Angst brachte.

Hans-Jürgen war jedoch froh, das Gebäude zusammen mit Nicole hinter sich zu lassen.

Draußen war die Nacht frisch, als die zwei, dann das Kino durch den Haupteingang verließen.

*

Nicole trabte neben Hans-Jürgen die Freitreppe zur Straße hinunter. Tief sog sie die frische, klare Nachtluft ein. Eine erfrischende Abkühlung nach diesem Tag. Der Himmel war jetzt jedoch, Wolken-verhangen, so dass die typisch orange Lichtaura der Natrium – Dampflampen wie ein Kokon die Stadt umhüllte. Es fühlte sich so ungewohnt gut an,wie Hans-Jürgen ihre Hand hielt. Vielleicht, weil sie dieses Gefühl schon so seit vielen

Monaten vermisst hatte, vielleicht aber auch, weil es ihr ein Gefühl von Sicherheit hier draußen in der lautlosen, einsamen, Stille gab. Möglicherweise nur ein Gefühl, aber immerhin.

Wenigstens waren sie jedoch ihrem Plan treu geblieben, nach dem Kino noch tanzen zu gehen. Nicole hoffte nur, dass sich dieser Teil des Abends die Kinopleite wieder halbwegs wettmachen konnte. Heute war für einen perfekten Abend schon eindeutig zu viel schief gelaufen. Sie würde keine weiteren Pannen zulassen, dafür war ihr dieser Abend mit Hans-Jürgen zu wichtig.

Die Totenstille nachts auf der Straße wirkte beunruhigend. Keine Umgebung für einen Plausch.

Schweigend ging sie neben Hans-Jürgen. Warum waren heute so wenig Menschen unterwegs? Zu spät war es doch auch noch nicht. Bis jetzt war Hans-Jürgen nicht davon gelaufen, es bestand also noch Hoffnung.

Weit entfernt zerschnitt erneut eine Alarmsirene die Totenstille. Die zwei sahen sich einen Moment lang wie auf Kommando in die Augen. Was war heute nur los? So unnatürlich ruhig, wie alle Straßen nun wirkten. Kaum eine Gardine, hinter der noch Licht brannte... Obwohl? Vielleicht war das an einem Freitag, wenige Stunden vor Mitternacht ja auch normal? Nicole war nicht der Typ, der jedes Wochenende in Diskos verbrachte, um sich darin auszukennen.

Es ist gar nicht mehr weit. Zehn Minuten, höchstens eine viertel Stunde."

Hans-Jürgen zuckte nur mit den Schultern.

So ein Nachtspaziergang ist doch schön, noch dazu in so einer netten Begleitung."

Die Ampel an der nächsten Straßen Kreuzung blinkte gelb.

Dort müssen wir nach rechts."

Die Straße verlief durch eine Senke unter einer Eisenbahnbrücke hindurch. Unten im Schatten konnte Hans-Jürgen ein weiß-rotes Absperrband erkennen. Von einer zur anderen Straßenseite gespannt, versperrte es die volle Breite der Fahrbahn. Nicole zupfte leicht an Hans-Jürgens Ärmel.

Hier unten, bin ich heute Vormittag

noch durchgefahren. Siehst du die Polizisten dahinter?"

Hans-Jürgen nickte, obwohl die dunkel gekleidete, bewaffnete Silhouette mit Maschinenpistole eher militärisch wirkte.

Vielleicht können wir den fragen, was hier los ist."

Nicole stimmte zu. Ihre natürliche Neugier brannte auf Antworten.

Aus der Nähe wurden auch die Absperrblöcke hinter dem Band sichtbar. Gelb-Schwarz angemalte Betonblöcke bildeten jedoch eine mannshohe Mauer.

Was zum Teufel ist denn hier los?"

Erst jetzt war das Metallgitter zu sehen, an welchem das weiß-rote Absperrband entlang lief. Es versperrte die komplette Tunnel-Öffnung.

Der Wachmann befand sich einige Meter dahinter.

Hans-Jürgen sah sich um. Die Straße hinter ihnen war noch immer menschenleer. Überhaupt war dieser Wächter die erste Person, welcher sie seit dem Kino begegnet waren. Die zwei hielten direkt auf das Gitter zu. Hans-Jürgen legte seine Finger um das kühle Metall und stellte fest, dass die Stahlstäbe etwa so dick wie sein kleiner Finger waren.

Entschuldigen sie … , bitte! Wir müssen auf die andere Seite."

Der Wachmann rührte sich keinen Zentimeter von der Stelle.

Wenn hier jeder die Sperre überqueren dürfte, wäre sie bestimmt wohl kaum abgesperrt."

Die Stimme klag rau und arrogant.

Nicole versuchte jedoch ein wenig die Situation zu entspannen.

Aber wir wollten doch nur...“

Tut mir leid, keine Chance. Ich kann Sie hier nicht durchlassen. Sie müssen sich wohl einen anderen Weg suchen.“

Komm Hans-Jürgen, dann nehmen wir halt die nächste Querstraße.“

Eine Auseinandersetzung wollte Nicole unter allen Umständen nun vermeiden. Besonders am heutigen Abend.

Falsch junge Frau. Auch dort werden Sie nicht durchkommen!“

Bitte was?

Hans-Jürgen wirkte nun etwas aufgebracht.

Wie ich schon sagte, in diese Richtung ist heute Nacht überhaupt kein Durchkommen mehr. Kehren sie um, gehen sie nach Hause."

Hans-Jürgen rüttelte unwillkürlich am Gitter, als er an den Umweg dachte, den Sie nun zu Fuß zurücklegen mussten.

Das können Sie nicht machen. Schließlich sind das ja öffentliche Straßen."

Die Stimme des Mannes in der Uniform wurde jetzt deutlicher.

Es handelt sich um ein Sperrgebiet und ich kann sie hier nicht durchlassen! Gehen sie!"

Komm lass uns je verschwinden", flüsterte Nicole.

Die übertreiben doch wieder mal maßlos!"

Hans-Jürgen schlug nun mit der flachen Hand gegen die Gitter-Stäbe. Das gesamte Gestell klirrte in der Stille.

He, wenn sie nicht auf der Stelle umkehren, muss ich jedoch von der Schusswaffe dann Gebrauch machen."

Hans-Jürgen blieb der Mund offen stehen.Nicole zerrt an seinem Arm. Komm schon, Hans-Jürgen. Das bringt nichts. Wir können auch woanders hin gehen."

Dieser folgte widerstrebend. So etwas war nicht fair. Es verstieß gegen seine Vorstellung von Recht und Freiheit. Er hatte keine Lust, heute Abend noch kilometerweite Umwege in Kauf zu nehmen. Egal was hinter dem Zaun vorgefallen war. Konnte es jedoch so schlimm sein, dass ein ganzer Stadtteil abgeriegelt wurde? Hans-Jürgen bezweifelte das.

Ich kenne noch eine andere Disko.

Zwar nicht erste Wahl, aber..."

Ist schon gut, Nicole. Ich finde nur, dass die immer so maßlos übertreiben. Kaum ist mal irgendwo ein bisschen was passiert, müssen die immer gleich aus jeder Mücke einen Elefanten machen. Mir tut es jedoch nur Leid, dass unser erster gemeinsamer Abend so daneben gehen will."

Nein, Hans-Jürgen." Nicole legte ihren Zeigefinger auf den Mund. Es kann immer noch gut werden. Beim Tanzen wirst du schnell vergessen, dass verspreche ich dir. Lass uns den Abend einfach erst jetzt beginnen."

Er legte zärtlich seinen Arm um ihre Schulter.

Vielleicht hast du Recht? Am Ende war es sogar gut, dass wir gar nicht durch die Sperre gelangt sind. Wahrscheinlich ist tatsächlich etwas Größeres passiert. So oft wie heute die Sirenen liefen."

Ja. Aber inzwischen ist es still geworden. Hoffentlich sind nun die Straßen bis morgen wieder frei."

*

Von außen wirkte die Disko nicht gerade einladend. Aber Nicole wusste, das der Laden drinnen echt okay war. Außerdem gab es jedoch auch anständige Musik, was ja wohl die Hauptsache an einer Diskothek ist. Der Laden war nicht erste Wahl, aber es genügte jedoch, um einen schönen Abend zu zweit zu verbringen und dabei etwas Spaß zu haben. Sie hakte sich in Hans-Jürgens Arm ein und zog ihn durch den Eingang. Von drinnen dröhnte ihnen gedämpfter Lärm entgegen. Am Einlass stand nur noch ein einzelner bärtiger Typ, dessen Oberarme Nicole wohl kaum mit beiden Händen umfassen konnte. Die Tätowierung zeigte einen Totenkopf, welcher von einem zweischneidigen Schwert durchbohrt wurde. Wortkarg ließ er die zwei dann passieren. Ein im UV – Licht leuchtender Stempel auf dem Handrücken war dann die Eingangskarte.

Hans-Jürgen war vom Inneren nun doch etwas überrascht. Zwar war die Einrichtung nicht gerade mehr modern, verbreitete aber trotzdem eine recht nette Atmosphäre. Laut Nicoles Beschreibung musste es hier mehrere Tanzräume geben.

Das Öffnen der Tür verschluckte alle Nebengeräusche in einem Schwall lauter Musik.

Zahllose Körper tanzten je, wie besessen, auf der Tanzfläche, andere standen am Rand und starrten auf das Meer aus hellen Lichtern und undurchdringlichem Qualm. In der Luft lag ein jedoch schwer, feuchter, Geschmack von Zigarettenrauch, Alkohol und auch Schweiß.

Hans-Jürgens Finger tasteten über den weinroten Velours Stoff, mit welchem die Wand bespannt war. Fast wie im Kino, ging es ihm durch den Kopf. Es folgte Nicole, welche sich einen Weg durch die dicht drängende Menschenmasse bahnte. In einer dunklen, Nische erkannte er ein Liebespärchen.

Im Vorbeigehen konnte er sehen, wie sich ihre Münder aufeinander pressten, dann verschwanden sie seinen Blicken. Die Anwesenheit so vieler Menschen war jedoch wohltuend, nachdem sie fast eine Stunde durch die menschenleeren Straßen gelaufen waren.

Nicole kämpfte sich bis zur Bar vor. Sie hatte bereits etwas bestellt und lächelte Hans-Jürgen zu. Dieser drängte sich neben sie.

Ich habe auch gleich, für dich mitbestellt. Der erste Drink geht ja auf mich."

Hans-Jürgen nickte und nahm sein Glas entgegen. Obwohl er die einzelnen Worte nicht erstand, so hatte er doch deren Sinn erfasst. Er beobachtete Nicole, wie sie ihr Glas sanft das seine berührt', bevor sie es in einem Zug leerte. Hans-Jürgen setzte an, doch der feurige Inhalt ließ ihn Husten. Wie eine glühende Lava lief es seinen Rachen hinunter. Er schluckte! Diese Blöße wollte er sich nicht geben. Nach einem nun weiteren Versuch, hatte auch er sein Glas geleert und schnappte nach Luft. Viel lieber zog er Nicole auf die Tanzfläche. Hier und jetzt.

Die Luft kochte. Das Getränk entfaltete jedoch, langsam, seine betäubende Wirkung. Die ganze Welt um Hans-Jürgen herum geriet auf einmal ins Schwanken, war er mit hektischen Tanzbewegungen auszugleichen versuchte. Er konnte Nicole direkt vor sich erkennen, doch alles andere schien Nebel und Dunkelheit zu verblassen.

Sie bewegte sich so sicher, so graziös. Schien beinahe nun zu schweben. Das blutrote Haar umspielte ihren schönen Kopf und schillerte in der grellen, ständig wechselnden Beleuchtung. Schon lange hatte er sich nicht mehr so austoben können. Nicole schmiegt' sich an ihn.

Lass uns nach unten gehen, da gibt es einen noch viel mehr zu sehen." Die beiden stiegen nun die Treppe hinab, in das Kellergewölbe. Die Beleuchtung in dem schmalen, aus groben Stein erbauten Gang, bestand vollständig aus Schwarzlicht. Nicole sah hier unten wie jeder andere Schatten aus. Nur ihr blütenweißes Shirt leuchtete kräftig. Hans-Jürgen spürte Basswellen im Magen fühlte sich elend.

Er spürte jedoch, wie der steinerne Fußboden nun unter seinen Füßen bebte. Alles im Raum vibrierte.

Dunkle Schatten tobten auf der Tanzfläche herum. Nicole zog ihn immer weiter, bis sie sich dann schließlich ins Getümmel stürzte. Hans-Jürgen konnte in dem Licht kaum etwas erkennen. Diese Enge! Hans-Jürgen suchte nach Nicole, in dem Trubel. Wo war Nicole? Er konnte sie nicht mehr zwischen den lebenden, und schwitzenden Leibern ausmachen. Alles um ihn herum war in steter Bewegung.

Plötzlich zerriss ein kreischender lauter Schrei die undurchdringliche Musikhülle. Erschrocken drängte sich Hans-Jürgen über die Tanz-Fläche. Sah sich um. Doch die Gesichter blieben alle schwarz und jedoch unkenntlich. Menschliche Schatten. Fast wäre er über den am Boden liegenden Körper gestolpert erschrocken wich er zurück. Nein! Lass es nicht wahr sein!

Hans-Jürgens gegenüber trat dann unsanft mit dem Fuß dagegen, so dass der Körper kraftlos auf den Rücken kippte. Ein weiterer Tritt, dann noch einer. Hans-Jürgen wollte eingreifen, doch ein fester griff nach seinem Hemd riss ihn zurück. Die Welt drehte sich, als auch er zu Boden ging. Andere Schatten stürzten über ihn hinweg. Die Arme nun, über dem Gesicht verschränkt, kämpfte er sich so mühsam nach oben, während die Musik jedoch unaufhörlich weiter donnerte. Im Blitzlichtgewitter sah er dann Nicole.

Sie starrte in eine andere Richtung. Wenigstens war sie wohlauf. Er rannte ihr nach, wollte sie nicht erneut aus den Augen verlieren. Er rief, doch das war bei dem lauten Lärm zwecklos.

Endlich bekam er ihre Schulter zu fassen, doch sie riss sich jedoch los, schlug wild um sich. Der Stoß war so hart, dass Hans-Jürgen nun unkontrolliert jedoch nach hinten taumelte. Sein Blick verfolgte sie, versuchte es zumindest, bis sie zwischen den schwarzen Schatten verschwand. Er bezweifelte, dass sie ihn erkannt hatte. Konnten die verantwortlichen denn verdammt noch mal kein Licht machen? Die mussten doch diesen handfesten Tumult inzwischen mitbekommen haben. Hans-Jürgen rieb sich seine

Hüfte und Oberschenkel. Das gab mit Sicherheit jedoch heftige blaue Flecken. Er versuchte sich in dem flackernden,, blitzenden Licht zu orientieren. Er musste nun Nicole finden! Sie mussten hier raus und zwar so schnell, wie nur möglich. Jedenfalls bevor diese Schlägerei ausartete.

Er starrte über die Tanzfläche, doch als sich plötzlich von hinten Arme um seinen Körper schlangen hätte er beinahe unkontrolliert zu-geschlagen.

Scheiße, Hans-Jürgen. Nicht!"

Das war Nicole und ihre Stimme klang jedoch schrecklich. Scheiße, Scheiße! Komm mit,bitte schnell!"

Darauf hatte er gewartet. Er wollte eigentlich so schnell wie möglich hier raus und zwar mit Nicole.

Doch sie zog ihn in die andere Richtung. Sie schluchzte.

Es ist etwas passiert. Ich weiß auch nicht, wie es jedoch dazu kommen konnte."

Bist du verletzt?"

Ich glaube nicht. Aber mir ist etwas passiert... Ich habe...", sie schluchzte und konnte nicht weiter sprechen.

Endlich erreichte Nicole ihr Ziel. Sie zerrte Hans-Jürgen dann in den vollem Licht durchfluteten Wasch-Raum. Doch als dieser sie im Licht sah, fiel ihm die Kinnlade nach unten. Der Anblick verschlug ihm die Sprache.

Oh mein Gott!"

Nicole hastete zum Waschbecken. Ihr weißes T-Shirt zeigte unzählige dunkelrote verschmierte Flecken.

Ihre Beine, ihr ganzer Körper war mit kleinen Blutpunkten bespritzt. Ihr linkes Auge war dunkelblau und geschwollen.

Um Himmelswillen, was ist denn passiert?"

Nicole versuchte die Flecken mit einem feuchten Papiertuch jedoch abzuwischen. Ein verzweifeltes, und hoffnungsloses Unterfangen. Schließlich sank sie kraftlos zu Boden. Hans-Jürgen fing sie auf. Tränen rannen über ihre Wangen. Ihr feuerrotes Haar fiel zerzaust nach hinten.

Ich wollte das nicht, Hans-Jürgen! Ich wollte es wirklich nicht!"

Ihre Worte waren jedoch kaum zu verstehen.

Es ging alles, so sehr schnell. Von irgendwoher kam dieser Stoß.

Ich fiel. Riss dabei auch jemanden mit. Kannst du dir überhaupt vorstellen, wie es zwischen all den tobenden Füßen ist? So dunkel! Ich schlug um mich, wollte wieder nach oben, um jeden Preis. Andere wurden brutal zu Boden gestoßen. Irgend jemand schlug auf mich ein. Meinen Kopf gegen den harten Boden. Ich biss und trat um mich, bis ich diese beschissene halbvolle Flasche zu fassen bekam."

Ihr Zeigefinger strich über die kleinen Schnittwunden auf ihren linken Oberarm.

Oh, Gott, ich habe damit kräftig zugeschlagen!"

Hans-Jürgen strich ihr durch das zerzauste Haar.

Was hättest du tun sollen? Das war Notwehr!

Du hättest sonst keine Chance gehabt. Auf alle Fälle müssen wir hier so schnell wie möglich raus, wir können nicht länger warten!"

Hans-Jürgen legte seinen Arm um ihre Hüfte und versuchte sie vom Waschbecken wegzuziehen. Doch als seine Hand ihren Körper unterhalb der Achsel berührte, zuckte sie zusammen.

Aua, verdammt noch mal, Hans-Jürgen,das hat höllisch weh getan."

Du hast dich also doch verletzt? Entschuldige, das wollte ich nicht. Was hast du dort?"

Nicoles schmerzverzerrtes Gesicht sah ihn so verblüfft an, wie es unter den gegebenen Umständen nur möglich war.

Keine Ahnung. Bisher ist mir dort noch nichts aufgefallen."

Vorsichtig tasteten ihre Finger unter ihrem rechten Arm. Und wieder verzog sie jedoch das Gesicht, als ihre Fingerspitzen die Stelle erreichten.

Oh nein, das glaube ich einfach nicht, dann schüttelte sich ihr Körper, wie bei einem Anfall.

Bitte Hans-Jürgen, bitte, siehst du nach, was dort ist. Ich glaube, ich möchte es weder sehen noch wissen."

Nicole hielt sich beide Augen zu und ließ ihre Stirn gegen die eisige Fliesenwand sinken. Die frische Kühle tat ihr jetzt gut.

Hans-Jürgen strich ihr sanft durch das zerzauste Haar.

Nun sieh schon nach!"

Als Hans-Jürgen das T-Shirt von der jedoch betreffend' Stelle schob, bemerkte sie, wie er verharrte. Was ist? Wie schlimm?"

Du hast bis jetzt noch gar keine Schmerzen verspürt?", erwiderte Hans-Jürgen nun langsam.

Nein wieso."

Na ja." Hans-Jürgen schluckte, suchte nach passenden Worten.

So wie das hier aussieht, ist es keine frische Verletzung. Sie ist mindestens einige Stunden, wenn nicht älter."

Das kann nicht sein Hans-Jürgen."

Ich kann dir nur sagen, was ich hier sehe."

Lass die dummen Scherze Hans-Jürgen, ich fühle mich so schon elend genug. Da war jedoch vorher nichts!"

Ich kann es mir, zwar jedoch nicht vorstellen, aber vielleicht hast du

vorher noch nichts davon bemerkt?
Auf jeden Fall muss das dringend
versorgt werden."
Nicole wandte sich Hans-Jürgen zu
und sah ihn ungläubig an.
Ich kann dir nur sagen, was ich
hier sehe."
Kurzerhand zog sie ihr Shirt nun
wieder herunter.
Warum sollte das nicht weiter
funktionieren? Wenigstens, bis wir
ein Krankenhaus gefunden haben.
Los lass uns gehen! Das mit dem
Abend tut mir furchtbar Leid,
wirklich. Aber es ist vielleicht
besser, wenn wir uns ein andermal
treffen. Noch mal ganz von vorne
anfangen. Falls es ein nächstes Mal
geben sollte?"
Hans-Jürgen schüttelte entschieden
den Kopf.

Auf gar keinen Fall! Ich lasse dich nicht alleine gehen! Nicht heute Abend! Und schon gar nicht so!"

Nicole sah ihn mit einer Spur von Erleichterung an.

Danke", hauchte sie.

Schon gut, komm jetzt."

*

Die zwei ließen den Waschraum hinter sich. Der Tanzsaal wirkte mittlerweile tatsächlich verwaist. Hans-Jürgen sah sich um. Hier war es jedoch noch genauso dunkel wie vorher. Nur fehlte inzwischen das Blitzlicht. Die Musik dröhnte in einer Endlosschleife vor sich hin, obwohl sich schon lange niemand mehr hinter dem DJ- Pult befand. Jedoch lag nun ein etwas seltsamer süßlicher Geruch in der Luft.

Soweit Hans-Jürgen das in der Dunkelheit beurteilen konnte, bewegte sich nirgends mehr etwas. Mehrere dunkle Schatten lagen auf der Tanzfläche. Er glaubte zu wissen, um was es sich handelte. Sein Fuß stieß dann gegen etwas Weiches und er wäre beinahe gestolpert.

Vorsichtig tappte Hans-Jürgen nun durch den Raum, führte Nicole direkt hinter sich. An mehreren Stellen wirkte der Fußboden nun etwas klebrig und rutschig, als hätte man dünnflüssigen Honig ausgegossen.

Hatte er auch nicht vorhin, an der Tür zum Kellergang, neben dem Feuerlöscher auch eine Taschen-Lampe hinter Glas gesehen. Mit etwas Glück...

Seine Finger tasteten im Dunkeln nach der Wand, dem Ausgang. Da war auch der Feuerlöscher und daneben... Tatsache sie war wirklich noch da! Doch wie sollte er die Glasscheibe kaputt machen? Ohne jedoch weiter darüber nachzudenken zog er rasch, seinen Hemdsärmel über den Handballen und schlug zu. In Gedanken bohrte sich bereits ein Glassplitter in seine Pulsader (das hätte völlig zu diesem beschissenen Tag gepasst), doch das Glas gab widerstandslos nach. Der Lichtstrahl der kleinen Taschenlampe war jämmerlich, doch besser als völlige Finsternis. Hans-Jürgen biss sich auf die Zunge, als der Strahl durch den Raum wanderte.

Heiliger Jesus Christus."

Er drückte Nicoles Gesicht gegen seinen Oberkörper.
Sieh nicht hin, es ist besser so. Vertrau mir, das möchtest du gar nicht sehen."
Die schwarzen Häufchen auf der Tanzfläche bekamen jedoch auch Gesichter.
Nicole stand mit dem Rücken zur Tanzfläche, als sich Hans-Jürgen nun auf den Weg machte, um die Körper näher zu untersuchen.
Diesmal mied er gewissenhaft die Honigflecken. Da waren schon zu viele deutlich sichtbare Fußspuren.
Hans-Jürgen würgte und rang nach Luft, als er den ersten Leichnam erreichte. Die Blutlache war noch frisch und kaum angetrocknet. Der Kopf des Unglücklichen lag in einem Winkel zur Seite geneigt.

Hans-Jürgen schluckte, als sein Blick nun weiter durch den Saal wanderte. Das DJ- Pult. Verlassen! Er zog an den großen Kippschalter und dann..., die lärmende Musik verstummte.

Ich glaube, hier können wir auch gar nichts mehr tun."

Wie viele?"

Fünf, soweit ich sehe."

Mein Gott, was ist denn hier, bloß passiert?"

Das kann ich dir auch gar nicht beantworten. Aber eines weiß ich: Wir hatten Glück! Verdammt viel Glück!"

Seine Hand tastete nach ihr.

Ich möchte diesen Keller, auch nie wiedersehen!"

*

Mit der Taschenlampe in der Hand gingen beide hinaus in den engen Gewölbegang, die Treppe hinauf zum Obergeschoss. Hier oben lief ebenfalls noch immer Musik. Jedoch nur halblaut und jedoch völlig fehl am Platz. Die meisten Lautsprecherboxen waren ausgefallen. Auch hier oben war keiner anzutreffen. Zerbrochene Glasflaschen lagen auf der großen Tanzfläche verstreut.

Mit offenem Mund sah sich Hans-Jürgen um. Das konnte doch einfach nicht wahr sein.

Vielleicht hat nach dieser großen Schlägerei die Polizei das Lokal geräumt?, flüsterte Nicole.

Bitte Hans-Jürgen, ich möchte hier nicht länger bleiben, sonst verliere ich noch den Verstand."

Vielleicht ist das ja bereits mit uns geschehen, oder wie erklärst du dir das hier alles. Glaubst du wirklich, die Polizei hat hier geräumt? So schnell?"

Nicole zuckte mit den Schultern.

Warum nicht, das Revier ist nicht so weit von hier entfernt. Aber vielleicht ist in der Dunkelheit auch eine Panik ausgebrochen und sie sind alle hinausgestürmt? Mir ist das momentan völlig gleich. Ich möchte nur noch hinaus."

Doch vorher..." Er ergriff ihre Hand und zog sie zur Theke, hinter der ein Telefon stand.

Du brauchst dringend ärztliche Hilfe, Nicole. Meinst du wirklich, du schaffst es mit deiner Wunde bis ins Hospital?"

Nicole winkte ab. „Na klar!

Bis du darauf gegriffen hast, habe ich sie nicht einmal bemerkt. Sogar jetzt fühle ich mich schon wieder halbwegs in Ordnung, von etwas Übelkeit mal abgesehen."

Trotzdem sieht es alles andere als gut aus. Ich werde den Notarzt anrufen, besser ist besser."

Nein, lass nur Hans-Jürgen! Ich komm schon klar..."

Doch dieser hatte bereits den Telefonhörer am Ohr, wählte und hob die Augenbrauen.

Es klingelt, doch keiner nimmt ab.'

Hans-Jürgen ich fühle mich gut!", unterbrach ihn Nicole.

Doch dieser ignorierte ihren Einwand. Das piepsende Klingeln wurde immer wieder von Knacken unterbrochen. Dann brach jedoch die Verbindung mit einem Mal ab.

Hans-Jürgen legte den Hörer nun wieder auf die Gabel zurück. Verfluchte Technik!"

Es ist doch nicht so schlimm."

Hans-Jürgen sah aus, als würde er jeden Augenblick die Fassung verlieren.

Sieh dich doch mal um."

Du hast ja Recht! Ich meine die Verletzung."

Sie deutete mit dem Finger über ihre rechte Hüfte, hütete sich jedoch davor, den Stoff ihres T- Shirts zu berühren.

Wenn du den Eiterherd gesehen hättest würdest du nicht so reden, gewiss nicht!"

Nicole verzog ihr Gesicht zu einer Grimasse.

Und wenn schon. Ob ich nun weiß, wie es aussieht oder nicht, ändert schließlich nichts an meinem Zustand. Je mehr ich daran denke, desto heftiger beginnt es dort zu hacken und zu bohren. Das ist schließlich schon schlimm genug."

Hans-Jürgens Blick glitt über die unzähligen Flaschen, welche hinter der Bar in verspiegelten Regalen aufgebaut waren.

Was hast du vor Hans-Jürgen?"

Vermutlich nichts, was du nun gut finden wirst."

Er schob die Glastür zur Seite und durchsuchte den ganzen Bestand an Spirituosen.

Komm hier herüber zum Tresen, Nicole."

Unsicher tappte diese auf Hans-Jürgen zu. In der jetzigen Situation sollten wir vielleicht lieber nicht.."

Hans-Jürgen fand eine Flasche mit

siebzig prozentigem Waldgeist, klar wie Wasser. Er hielt Nicole die Flasche entgegen.

Hier nimm du jetzt einen kräftigen Schluck."

Nein, Hans-Jürgen, bitte nicht!"

Du sollst dich doch auch gar nicht betrinken, ich dachte nur, dass es den Schmerz etwas lindert."

Welchen Schmerz denn?"

Beuge dich bitte etwas über den Tresen."

Was?"

Vertrau mir, Nicole, bitte."

Diese machte ein verständnisloses, irritiertes Gesicht.

Komm schon!"

Hans-Jürgen schob sie vorsichtig aber entschlossen nach vorn, bis ihr Oberkörper auf dem Tresen lag. Nicole erkannte sich selbst nicht.

Normalerweise hätte sie sich in einer solchen Situation bis aufs Blut gewehrt, doch ihr Körper ließ es mit sich geschehen. Sie spürte Hans-Jürgens Hände an ihren Hüften, wie er ihr langsam, ganz behutsam das T- Shirt nach oben streifte. Dann strich ihr eine Hand sanft über den Rücken und durch das feuerrote Haar.

Du sollst die Zähne zusammen-beißen, Nicole!"

Noch bevor Nicole über den Sinn seiner Worte nachdenken konnte, schrie sie auf und wandte sich vor Schmerzen, als die eisige, brennende Flüssigkeit durch die Wunde strömte. Hans-Jürgens linker Arm drückte sie auf den Tresen. Sie kreischte, Speichel lief ihr aus dem Mund.

Ihr Kinn schlug nun immer wieder gegen die Tischplatte.

Endlich hatte sich ihr rechter Arm aus seinem erbarmungslosen Griff befreit. Nicole fuhr herum und entriss Hans-Jürgen die Flasche. In einer einzigen schneller Bewegung setzte sie das Gefäß an die Lippen und schluckte den Waldgeist in hastigen Zügen. Nicole verdrehte die Augen, als dann der siebzig prozentige Alkohol ihre Kehle hinab rann. Ihr ganzer Körper schien zu brennen. Nicht nur von außen, sondern jetzt auch noch von innen, von überall.

Hans-Jürgen zog ihr je die Flasche aus der Hand.

He, langsam. Ich kann dich nicht bis zum Hospital tragen."

Doch Nicole ignorierte ihn.

Hans-Jürgen nahm den Rest der Flasche und entleerte ihn, jedoch über der bloßliegenden, eiterigen Verletzung. Ihr Körper zuckte einige Male, wie ein im Sterben liegendes Tier, dann herrschte Ruhe. Auch die Musik war inzwischen verstummt.

Den letzten Schluck der Flasche nahm Hans-Jürgen zu sich. Ein Schütteln durchlief seinen Körper, dann stellte er das leere Gefäß auf die Theke.

Was für ein scheußliches Zeug", murmelte er, danach war es still. Völlig still.

*

Hans-Jürgen fuhr herum. Da war etwas! Oder hatte er sich nur ein-gebildet? Gut möglich.

Er wandte sich wieder Nicole zu. Diese lag noch immer mit dem Gesicht auf dem Tresen.

He..." Er drehte sich erneut herum. Da war irgendetwas im Saal! Und zwar keine Täuschung! Ein eigenartiges Geräusch, als würden zwei rohe Scheinlebern gegeneinander platschen. Er sah sich im ganzen Saal um, doch außer dem matten Licht und den vielen, unzähligen, finsteren Ecken war nichts zu sehen. Waren sie etwa doch nicht völlig allein?

Dieses Platschen war in der Stille deutlich zu hören. Vielleicht war es die ganze Zeit über da gewesen und nur von der Musik übertönt worden. Hans-Jürgen erschauderte. Was, wenn man sie die ganze Zeit aus beobachtet hatte?

Er stieß Nicole an.

Los, wir müssen dich sofort, ins Krankenhaus bringen! Daran führt kein Weg vorbei!"

Diese schien zu blinzeln, dann rutschte ihr Körper von der Theke auf den Boden. Hans-Jürgen kniff beide Augen zusammen. Das platsch – platsch Geräusch raubte ihm jeden klaren Gedanken. Was mochte das sein? Seine Vorstellung irrte hilfesuchend umher, versuchte jeden Schatten mit einer rationalen Erklärung zu verbinden.

Doch ihm blieb nicht viel Zeit. Er musste Nicole hier raus schaffen, sie in ärztliche Betreuung bringen, das hatte oberste Priorität! Die Geräusche aus der Dunkelheit bestärkten diesen Entschluss nur noch mehr.

He Nicole, du musst jedoch, jetzt aufstehen! Wir müssen gehen!"

Er beugte sich zu ihr hinunter. Er schrie jedoch beinahe, um bis in ihr benebeltes Bewusstsein dann vorzudringen.

Hast du dir weh getan?"

Aber das einzige, was sie jedoch antwortete, war wirres Gefasel. Er zog an ihrer Hand, wollte ihr aufhelfen, doch ihre Bewegungen waren unkontrolliert und ziellos. Hans-Jürgen sah, wie sie dann versuchte, auf dem Boden, in Richtung Tür zu kriechen, wie ihre Hände nach ihm tasteten und dabei zitterten.

Lass mich nicht zurück, bitte."

Hans-Jürgen griff dann nach ihrem Oberarm und zerrte sie nach oben, bis Nicole an der Theke lehnte.

Kannst du dich jetzt wenigstens, je mal festhalten?"

Hans-Jürgen versuchte nun, jedoch ihren Körper irgendwie auf seinen Rücken zu hochzuziehen.

Die Antwort blieb ihm Nicole doch schuldig.

Komm schon, los jetzt", sagte er, um für sich selbst die Stille zu vertreiben. Vorsichtig probierte er ein paar Schritte. Nicoles Arme hingen über seinen Schultern und seine Hände hatten sie fest gepackt um ihr Hinabgleiten zu verhindern. Mit dem Gefühl, jeden Augenblick das Gleichgewicht zu verlieren, tappte er los. Langsam näherte er sich der Tür in den Nebenraum.

Zum Glück stand sie halb weit auf, da er keine Hand frei gehabt hätte, um die Klinke zu benutzen.

Auf dem Gang war, wie unten im Keller, das Licht ausgefallen. Doch im übernächsten Raum brannte wieder die Notbeleuchtung.

Vorsichtig betrat Hans-Jürgen den Raum. Am liebsten wäre er auf der Stelle wieder umgekehrt. Von hier schienen die glitschigen Geräusche zu kommen! Doch er wusste auch, keinen anderen Ausweg aus dem Bunker. Einen Fuß vor den anderen, tastete er sich weiter in die Dunkelheit vor. Nicoles Last wurde mit jedem Schritt schwerer. Waren das etwa Kau und Schmatz-Geräusche? War das hier gewesen? Seine Augen glaubten, etwas in der Dunkelheit zu erkennen. Oder war es nur die Erinnerung, welche ihm dieses Trugbild vorgaukelte?

Hans-Jürgen reiß dich zusammen!

Es sind keine zehn Meter, bis in den nächsten Raum! Doch genauso glaubte er, jeden Moment unter Nicoles Last zusammenzubrechen. Wenn sie sich nur wenigstens richtig festklammern würde...

In Gedanken sah er die Couchecke, welche ihm jedoch, schon bei ihrer Ankunft aufgefallen war. Er sah, wie sich zwei Schatten darauf in den Armen lagen, fest ineinander verschlungen. Das patschende Geräusch, Hans-Jürgen! Das war das patschende Geräusch!

Er schloss die Augen, doch das Bild blieb. Blut lief an den beiden Körpern hinunter, tropfte auf den Stoff der Couch, welcher sich langsam voll sog. Hans-Jürgen trat bei seinen nächsten Schritt jedoch sehr vorsichtig auf.

War schon fast darauf gefasst, im Finsteren in eine klebrige Lache zu treten. Er schluckte. Doch immer deutlicher klang es nach Kau – Geräuschen. Das Fantasiebild ließ sich einfach nicht abschütteln. Hans-Jürgen sah, wie einer der Schatten kurz aufblickte, zu ihm herüber sah, nur um dann die Zähne erneut in sein Gegenüber zu schlagen, welches voller Lust aus der aufgerissenen Kehle keuchte und zurück biss. Blut spritzte gegen die Wand. Hans-Jürgen konnte die Tropfen spüren und schrie. Von einem Moment zum Nächsten hatte er die Kontrolle verloren und rannte. Weg von hier! Los Hans-Jürgen, los!

Er sprintete auf den Raum mit der Notfallbeleuchtung zu.

Von hier zum Ausgang war es nicht mehr weit. Er gönnte sich nicht einmal die Zeit, sich in den Räumen umzusehen. Keuchend hastete er die Stufen zum Einlass hinunter. Hans-Jürgen stürzte beinahe und Nicoles Gewicht riss ihn gegen die Wand. Er vernahm ein Röcheln von ihr, dann fauchte ihm die kühle Nachtluft ins Gesicht.

Hans-Jürgen hetzte weiter, die leere Straße entlang, so schnell es unter den gegebenen Umständen möglich war. Seine Schultern schmerzten und er konnte Nicole mit seinen verkrampften Händen kaum noch halten. Sein Atem je raste und das Herz jagte, bis er endgültig das Gleichgewicht verlor und unter Nicole mitten auf der Asphaltdecke zusammenbrach.

*

Als Hans-Jürgen endlich wieder zu sich gekommen war, spürte er den nassen, kalten Asphalt unter sich. Ein Regenschauer oder der frische Tau einer klaren Nacht?

Renne, Hans-Jürgen, Renne! Er zwang die gemeine innere Stimme, endlich damit aufzuhören. Er konnte nicht mehr, war auch noch immer völlig außer Atem. Nicole lag neben ihm auf den Rücken und stöhnte leise. Sie blinzelte und versuchte, die Augen offen zu halten.

Was ist los, Hans-Jürgen?"

Dieser hätte die Worte fast nicht verstanden. Doch dann strich ihr Hans-Jürgen durchs Haar.

Wir schaffen das. Ich bringe dich jetzt ins Krankenhaus, dann wird alles gut."

Nicole nickte noch, bevor ihr die Augen zufielen. Hans-Jürgen ließ seine Stirn auf den nassen Asphalt sinken.

Oh Gott, gib mir Kraft!" Er musste es schaffen! Sein Blick glitt über Nicole, die reglos auf der nassen Straße lag. „Verfluchte Kacke!"

Er würde es schaffen! Los Hans-Jürgen, los, du musst dich beeilen! Dieser schüttelte verzweifelt den Kopf, doch er kämpfte sich auf die Beine. Bis zum Hospital konnte es nicht mehr so weit sein. Die Straße war völlig menschenleer. Wie lange hatte er heute Abend schon keine Sirene mehr gehört?

Also gut, einen Versuch ist es noch wert..."

Die Worte verhallten ungehört in der Nacht.

Seine Hand griff nach Nicole. Mit aller Kraft versucht er sie empor zu zerren. Vielleicht funktionierte es, wenn er sich nun, etwas unter sie schob? Es war schwierig genug, sich selbst gegen den Rücken zu lehnen. Er wollte gerade ihre Arme über die Schultern ziehen, als sie zusammensackte und wieder auf der Straße lag. Hans-Jürgen jedoch fluchte. Nicole weh zu tun war das letzte, was er beabsichtigte.

Vielleicht konnte er sie auf den Arm nehmen und vor sich her tragen? Das müsste doch gehen, im Fernsehen sieht das jedoch immer so leicht aus. Frustriert ließ er nun Nicole los und sah auf sie hinab. Wie konnte das Weibsbild jetzt nur schlafen? Seine Zähne gruben sich in die Oberlippe.

Er musste es schaffen, egal was es koste. Noch einmal glitt sein Blick über die Umgebung, dann kniete er sich, neben ihrem reglosen Körper nieder.

Entschuldige bitte, Nicole. Ich habe keine andere Wahl. Vielleicht verstehst du mich ja..."

Sein Zeigefinger strich ihr eine rote Haarsträhne aus dem Gesicht, dann ergriff er ihre Handgelenke und stand auf. Ein Ruck durchlief sie, als ihr Oberkörper angehoben wurde. Nicoles Oberarme legten sich an ihre Ohren und dann wurde der Rest ihres Körpers über den nassen Asphalt gezerrt. Hans-Jürgen musste nun fester um ihre Handgelenke greifen,damit sie ihm nicht entglitten. Dann zog er sie wie einen Sack, hinter sich her her.

*

Hans-Jürgen hätte jedoch nie damit gerechnet, wie weit zwei Quer-Straßen sein konnten. Im Auto wirkte das jedoch immer.... Doch schließlich konnte er das grell rot leuchtende Kreuz sehen. Er schnappte nach Luft. Auch wenn sich Nicole so bedeutend leichter transportieren ließ, stand ihm der Schweiß nun auf der Stirn. Hans-Jürgen konnte es sich gar nicht erklären. Normalerweise hätte er so eine Anstrengung locker weggesteckt. Vorsichtig bugsierte er Nicole über die Bordstein Kannte. Sollte er Nicole lieber über den nassen Rasen oder den Steinweg zum Eingang ziehen? Sein Blick fiel auf die kurze Treppe, die zur Eingangstür hinaufführte.

Es tut mir ja so leid, Nicole."

Ein salziger Tropfen rann ihm von der Stirn jedoch ins linke Auge. Es brannte, Hans-Jürgen ignorierte es. Wenn er Nicole losgelassen hätte, wäre sie schließlich die Treppe hinunter gepoltert und er hätte von neuem beginnen können.

Hans-Jürgen fiel ein Stein vom Herzen, als er Nicoles Körper durch die Tür des Empfangssaales zerrte. Habe ich es dir nicht gleich gesagt, rief er triumphierend in die Dunkelheit. Seine Stimme hallte zwischen den Wänden hin und her. Er ließ Nicole auf den Boden sinken und sah sich um, konnte sich selbst kaum auf den Füßen halten.

Ein Fenster mit Sprechöffnung, ein kleiner Tisch, mit Zeitungen und Stühlen und einem Sofa.

In der Ecke stand eine Pritsche mit weißem Laken und einer grauen Decke.Wieso war es hier dunkel? Das sollte nicht so sein! Mit einem Mal war sein schlechtes Gefühl wieder da, stärker als je zuvor.

Hans-Jürgen hastete zum Empfang Schalter. Seine Hand schlug gegen die Glasscheibe. Hallo... hallo... Er keuchte, schnappte nach Luft und schrie noch mal. Er stellte erstaunt fest, dass ihm das Atmen schwer fiel. Lag das an dem typischen antiseptischen steril, Krankenhaus Geruch? Egal, irgendein Arzt musste ja schließlich Nachtdienst haben. Der Boden schwankte unter seinen Füßen, als er sich dann auf die Haupteingangstür zu bewegte. Beinahe wäre er jedoch über Nicole gestolpert.

Ich muss einen Arzt finden. Ich muss...", flüsterte er vor sich hin. Doch zuvor würde er noch Nicole vom kalten, gekachelten Boden auf die Pritsche legen.

Er packte erneut ihre Hände und schleifte ihren Körper Richtung Pritsche. Dort versuchte er nun mühsam, sie auf das weiße Laken zu schieben, dann sank er jedoch, erschöpft zu Boden. Hans-Jürgen war nun der Verzweiflung nahe. Konnte er denn nichts mehr?

Mit letzter Kraft zerrte er Nicole vor das ockerfarbene Sofa. Er packte sie an der Hüfte, wäre um ein Haar mit seinen Fingern an ihre Wunde gerutscht und rollte ihren Körper auf das Polster.

Warte Nicole, ich hole dir noch die Decke von der Pritsche."

Schnell rappelte er sich auf, um beides zu besorgen. Neben der Decke zog er noch das weiße Laken herunter. Sein Atem ging schwer. Doch obwohl der Boden unter ihm schwankte, schaffte er die Strecke zum Sofa zurück. Er breitete das blütenweiße Laken über ihren Körper aus. Sein Blick verschleierte sich nun vor seinen Augen. Beim Ausbreiten der grauen, kratzigen Decke verlor er das Gleichgewicht und fiel vornüber selbst auf die Couch. Er spürte wie sich Nicoles Schulter in seine Magengegend bohrte, dann trübte sich sein Blick. Hans-Jürgen kniff die Augen zusammen, doch er konnte nichts mehr sehen. Der Geruch von Fäulnis drehte ihm den Magen um.

Er hustete und übergab sich auf den Fußboden.

Erschöpft sank er zurück auf die Couch. Nicole die unter ihm lag registrierte er gar nicht mehr.

Du wolltest doch einen Arzt holen, verdammt noch mal. Aber mir schmerzen alle Knochen und hier ist es so schön warm und weich und..."

*

Nacht, Stille! Hans-Jürgen hatte weder eine Ahnung, wo er sich befand, noch wie lange er weg gewesen war. Er schlug nicht einmal die Augen auf, sondern lag einfach nur da. Er lag warm, was wollte er mehr. Aber hart und weich lagen bei seiner Unterlage nah beieinander.

99

Etwas sog an seinem rechten Oberarm. Er nahm die Bewegung wahr, ohne sie echt zu registrieren. Etwas warmes, feuchtes. Doch auch nicht unangenehm. Ein seltsames Gefühl der Lust durchströmte ihn, als dieses Etwas erneut zuschnappte und heftiger an seinem Oberarm zu saugen und zu knabbern begann. Schließlich zuckte er zusammen, als sich nun Zähne in sein Fleisch gruben. „Au!" Hans-Jürgen fuhr hoch. Endlich war ihm wieder klar, wo er sich befand. Auf wem lag er da eigentlich?

Mein Gott Nicole, was tust du da?" Er starrte sie erschrocken, aus weit aufgerissenen Augen an.

Ihre Augen blickten ihm treu und gierig entgegen, während sie sich sein Blut von den Lippen leckte.

Entsetzt griff Hans-Jürgen nach seinem rechten Oberarm. Nicoles Zähne hatten deutlich Spuren hinterlassen.

Um Himmelswillen, sieh nur, was du da angerichtet hast."

Nicole kniff darauf ihre Augen zusammen, wirkte etwas irritiert und abwesend.

Oh, entschuldige bitte, Hans-Jürgen. Das wollte ich gar nicht, ehrlich!"

Autsch, das glaube ich dir einfach nicht!"

Hans-Jürgen betrachtete seine blutige Hand. Kannst du mir noch mal verzeihen, Hans-Jürgen? Ich wusste selbst nicht..." Doch dieser winkte ab. Bleib du auf deinem Sofa liegen und komme mir ja nicht mehr zu nahe.

Wie viel Zeit haben wir zwei hier zugebracht?"

Nicole zuckte mit den Achseln.

Keine Ahnung?"

Egal, ich werde jetzt endlich einen Arzt für dich holen."

Kopfschüttelnd betrachtete er nochmals seinen Oberarm. Das Hemd war an dieser Stelle regelrecht zerkaut. Es wurde höchste Zeit, dass diese Frau Hilfe bekam. Hans-Jürgen ging auf die Glastür zu, welche ins Innere führte. Selbst wenn er erst einen Arzt suchen musste, würde er in spätestens einer Viertelstunde zurück sein. Seine Hand stieß gegen den Knauf, doch die Tür hielt stand, sie war jedoch verriegelt und verrammelt. Erst jetzt bemerkt Hans-Jürgen den nun umgestürzten Schreibtisch, mit welchem man von der anderen Seite jedoch versucht hatte, die Eingangstür zu verbarrikadieren. Wütend trat Hans-Jürgen gegen die Tür, rüttelte. Kurzentschlossen holte er sich einen der Stühle vom Warteraum und hämmerte damit gegen die Glastür. Mit einem Klirr splitterte die Scheibe in Millionen Einzelteile und versperrte die Sicht nach innen. Die Folie der sicheren, Verbundglasscheibe hielt jedoch die Bruchstücke beharrlich an Ort und Stelle.

Hans-Jürgen stieß mit den Stuhl Beinen zu, bis sich eine Spitze durch die Kunststofffolie hindurch presste. Hans-Jürgen sog die Luft ein. So fit hatte er sich schon lange nicht mehr gefühlt. Schon gar nicht vor seinem Zusammenbruch.

Woher kam dieser, so plötzliche Energieschub und vor allem, wie lange würde er anhalten? Hans-Jürgen hatte keine Erklärung dafür und momentan war ihm das alles auch reichlich egal, er wollte durch die Tür hindurch, das war sein aktuelles Problem.

Schon bald hatte er jedoch mit voller Wucht, eine Handtellergroße Öffnung in die Tür geschlagen. Immer wieder stieß er mit dem Stuhl zu, bis ihn eine Stimme aus dem Konzept brachte.

Was tun sie da? Allmächtiger, bitte lassen sie das!"

Erstaunt blickte Hans-Jürgen auf und entdeckte eine Gesicht durch die Öffnung in der Tür.

Ich bin froh, sie zu sehen, Doktor. Dem Himmel sei Dank."

Hans-Jürgen hatte zwar keine Ahnung, ob das da jedoch vor ihm tatsächlich ein Arzt war, aber der weiße Kittel mit Namensschild ließ wenigstens auf einen Angestellten des Hospitals schließen.

Kommen sie schnell, sie müssen meiner Freundin helfen. Es sieht gar nicht gut aus."

Der Weißkittel hob eine Augenbraue und blickte um die Ecke, bis er Nicole entdeckte. Dann hob er beide Schultern.

Tut mir leid, Mann. Aber ich kann hier niemanden reinlassen. Sie müssen das verstehen."

Was ist denn da zu verstehen. Sie braucht Hilfe, und zwar schnell."

Aber heute kommt hier niemand mehr rein, haben sie mich denn nicht verstanden?"

Als sich der Weißkittel abwandte, griff Hans-Jürgen wieder zu dem Stuhl.

Wenn sie uns nicht hineinlassen, dann werde ich sie jedoch eben hin schleifen!"

Erneut, hämmerte er weiter, gegen die Glasscheibe.

Aufhören! Sie verstehen nicht! Es gibt nichts was wir, jedoch für ihre Freundin tun könnten!"

Aber sie versuchen es ja nicht einmal!"

Gehen sie verdammt noch mal von der Tür weg!"

Hans-Jürgen fuhr zusammen, als sich ihm von hinten plötzlich eine Hand auf die Schulter legte.

Hans-Jürgen, ich brauche gar keine Hilfe!"

Nicoles kratzige Stimme wirkte je,

paradoxerweise auch irgendwie so zart und unendlich süß.

Bringen sie das Ding von der Tür weg!", schrie der Weißkittel. Von irgendwoher zog er mit einem Mal eine Schrotflinte. Wahrscheinlich hatte er sie die ganze Zeit über um die Wandecke herum jedoch außerhalb von Hans-Jürgens Sichtfeld gehalten. Jetzt hatte er das Gewehr angelegt und zielte durch die Glasöffnung.

Verschwinden sie und nehmen sie gefälligst ihre Freundin mit."

Hans-Jürgen starrte dem Mann nun fassungslos ins Gesicht, wich aber ebenso vor Nicole zurück.

Ich hatte gesagt, du sollst auf diesem verdammten Sofa bleiben." Seine Stimme jedoch überschlug sich mehrfach.

Aber mir fehlt doch nichts, Hans-Jürgen!"

Das glaube ich nicht!"

Er wich jedoch weiter, in Richtung Ausgangstür zurück. Hatte diese schon fast erreicht.

Mann, rief der Weißkittel ihm nach, „wenn sie nicht auf der Stelle ihren Rotschopf hier mitnehmen, puste ich ihr in den nächsten fünfzehn Sekunden das Licht aus!"

Als Nicole sich anschickte, zu ihm zu gehen, wich Hans-Jürgen einen Schritt zurück.

Das wagen sie nicht. Es gibt da ein Gesetz!"

Hans-Jürgen hörte jedoch, wie der Weißkittel das Gewehr entsicherte.

Würden sie es darauf ankommen lassen?"

Nicole blickte nun Hans-Jürgen ungläubig in die Augen.

Was ist denn los mit dir? Ich bin es doch. Bitte, Hans-Jürgen."

Doch dieser schüttelte nur den Kopf und wich noch weiter durch die Eingangstür zurück.

Lass mich in Ruhe, Nicole. Irgendwann ist auch bei mir mal eine Schmerzgrenze erreicht."

Ein Tropfen hellen Blutes rollte über seinen Oberarm hinunter. Unwillkürlich schüttelte sich sein ganzer Körper. Hans-Jürgen drehte sich um und rannte in die Nacht hinaus.

Nicole blickte ihm lange nach, bis seine Silhouette von der Nacht verschluckt wurde.

Hans-Jürgen rannte die Stufen hinunter, hastete die Straße entlang.

Als hinter ihm der Schuss krachte wäre er beinahe noch gestürzt. Vor Schreck wie gelähmt, verharrte er mitten im Lauf und starrte zurück. Oh, Himmel, nein! War es das, was er nun vermutete? Unentschlossen blickte er vor und zurück. Was sollte er tun? Zurückrennen? Nein! Aber was, wenn Nicole... Doch er getraute sich nicht einmal, daran zu denken. Ging ihn das denn noch etwas an? Sollte sie doch bleiben, wo der..." Hans-Jürgen wandte sich ab und ging weiter. Niemand weit und breit auf der Straße. Zögernd setzte er dann einen Fuß vor den anderen. Verdammt, ich hätte heute früh einfach gar nicht aufstehen sollen" murmelte er in die Stille. Keine Minute später machte er nun kehrt, lief zurück, zum Hospital.

Seine frische Oberarmwunde war so gut wie vergessen. Das rote Neon Kreuz vor dem Eingang zum Hospital flackerte. Hatte er das vorhin nur nicht bemerkt? Hans-Jürgen raste nun die Treppenstufen empor. Egal, ob der Schuss auch getroffen hatte oder nicht, er wollte Gewissheit. Tiefe Schuldgefühle, brodelten in ihm hoch. Er hätte Nicole trotz allem niemals bei diesem Verrückten zurücklassen dürfen! Nie im Leben!

Doch vor der Eingangstür wich er plötzlich zur Seite. Hans-Jürgen schellte sich für sein überstürztes, unüberlegtes Handeln. Was, wenn der Kerl noch immer dort drinnen lauerte? Konnte er es überhaupt wagen, seinen Kopf nun, in diese Tür zu Stecken?

Von drinnen würde jedoch seine Silhouette deutlich sichtbar sein. Hans-Jürgen biss darauf die Zähne zusammen. Er musste es jedoch versuchen, wenn er Gewissheit wollte. Vorsichtig lugte er um die Ecke. Drinnen schien alles ruhig zu sein.

Hallo... ich bin es normal. Hallo... Ich hatte einen Schuss gehört..."

Aus dem Inneren kam jedoch gar keine Antwort. Vorsichtig schob Hans-Jürgen seinen Kopf um die Ecke. „Ich hatte einen Schuss gehört...", dann war er endgültig weder im Vorraum. Was ist denn passiert? Doch die Worte verließen nie seinen voller Entsetzen weit aufgerissenen Mund. Wie gebannt starrte er auf die Tür, welche er noch vor wenigen Minuten mit den

Stuhl bearbeitet hatte. Jetzt standen beide Hälften sperrangelweit offen. Der umgekippte Schreibtisch, welcher den Zugang blockiert hatte, war zwei oder drei Schritt zur Seite geschoben.

Hans-Jürgen ging vorsichtig durch die Tür in den dahinter liegend breite Quergang. Der antiseptische Geruch war wieder allgegenwärtig. Hans-Jürgen schien es beinahe, als übe dieser Dunst auch eine, jedoch betäubende Wirkung auf ihn aus. Sein Blick glitt nach unten und da lag der Weißkittel. Mit dem Kopf gegen den Schreibtisch gelehnt, starrten seine leeren, glasigen Augen an die Decke. Hans-Jürgen erstarrte. Der weit aufgerissene Mund, das kreidebleiche, reglose Gesicht. Was war hier geschehen?

Was war mit Nicole geschehen? Die doppelläufige Waffe lag neben dem Weißkittel auf dem Boden.

Eines stand fest. Er musste jetzt zur Polizei! Und zwar schnellstmöglich! Egal, was hier geschehen war! Vielleicht sollte er sogar diese Waffe mitnehmen?

Eigentlich verwunderlich, überlegt' er, dass ihn diese Umstände nicht völlig handlungsunfähig machten. Vielleicht sollte er jedoch, seinem Schöpfer danken, dass er mit einer derartigen Gefühlsarmut gesegnet war. Anderseits konnte das auch ein ganz natürlicher Schutzreflex seines Körpers sein. Wie auch immer, zumindest war das mit der Waffe keine so schlechte Idee. Obwohl sie dem Weißkittel wohl auch nichts genützt hatte.

Unwillkürlich blickte sich Hans-Jürgen um, doch weder am einen, noch am anderen Ende des Ganges war jedoch irgendeine Bewegung wahrnehmbar. Noch schien rings-um alles ruhig zu bleiben.

Was war also in Gottes Namen hier geschehen?

Egal! Er wollte nicht so lange hier bleiben, um auch das jedoch noch herauszufinden. Seine Hand griff nach dem Gewehr, doch die Finger dessen Weißkittels krampften sich noch immer um den Abzug. Hans-Jürgen versuchte behutsam, sie zu lösen. Die schlaffe Hand fühlte sich noch immer lauwarm an. Hans-Jürgen lief es eiskalt über den Rücken, doch er widerstand dem Drang, seine Hände irgend-wo anders abzuwischen.

Stattdessen hob er den toten Arm immer weiter empor, um die dick, wulstigen Finger dann aus dem Sicherungsbügel zu ziehen. Irgendetwas tropfte von dem Arm aus, zurück auf den Boden. Erschrocken ließ Hans-Jürgen den Weißkittel los. Erst jetzt entdeckte er die rostfarbene Pfütze, die sich bis jetzt unter dem weißen Arm so gut verborgen hatte.

Die Hand des Arztes klatschte je zurück, in die Lache, worauf sich der der zweite Schuss aus dem Gewehr löste. Das laute Krachen brüllte durch den gekachelten Gang und raubte Hans-Jürgen beinahe das Gehör. Erschrocken wich er zurück.Der Kopf des Weißkittels rutschte zur Seite auf den Boden. Erst jetzt, sah Hans-Jürgen jedoch das große Loch im Hinterkopf. Mit einem Schrei sprang er auf und würgte. Er entdeckte dann die bespritzten Wandkacheln. Aus dem Würgen wurde nun ein entsetztes Keuchen. Hans-Jürgen taumelte zurück in den Warteraum, bereits den bitteren Geschmack seines Abendbrots im Mund.

Der Gedanke an das Gewehr hatte sich erübrigt. Ohne Munition war es jedoch genauso nützlich, wie ein sperriger, unhandlicher Knüppel. Konnte es sein, das der Weißkittel aus dieser Welt geflüchtet war? In Gedanken sah er sich mit der Waffe in den Händen... Hans-Jürgen schloss die Augen, doch das änderte an dem Bild nichts. Er musste sich ablenken, an irgendwas anderes Denken.

Was war aus Nicole geworden? Hatte sie sich noch rechtzeitig in Sicherheit bringen können? Egal was hier die Tür geöffnet hatte, es musste mindestens auch diesen großen Schreibtisch jedoch rücken können. Zwei Personen könnten das je schaffen, überlegte Hans-Jürgen.

Sein Blick blieb an dem weißen Laken hängen, mit welchem er Nicole zugedeckt hatte. Jetzt lag es jedoch, als ein runder Ball auf dem Boden. Hans-Jürgen hob es auf. Der faulige Gestank war nicht zu über riechen. Er schlug die Falten auseinander. In der Mitte zeigte sich nun, ein feuchter, schleimig-blutiger Fleck. War das Nicoles nässende, eitrige Verletzung jedoch gewesen? So groß!

Hans-Jürgen schüttelte den Kopf, warf den Lappen achtlos zu Boden und stürmte nach draußen.

Vielleicht hätte er Nicole nie allein lassen sollen? Vielleicht hätte er sich aber auch niemals mit ihr treffen sollen. Das böse Gefühl in der Magengegend. Vielleicht war aber genau das auch seine einzig richtige Entscheidung heute Abend gewesen.

Auf alle Fälle würde er jetzt jedoch schleunigst zum nächsten Polizei-Revier eilen und sich danach aus dem Staub machen. Und zwar so weit weg wie möglich!

*

Hans-Jürgen eilte die verlassene Straße entlang. Langsam meinte er, sich an den leeren toten Anblick, in der Innenstadt um diese Uhrzeit je langsam zu gewöhnen. Sein Blick glitt zur Uhr. Halb vier! Bis zur Dämmerung waren es also noch ein paar Stunden. Hans-Jürgens Herz raste. Er gönnte sich kaum mehr eine Verschnaufpause. Er passierte Querstraßen, ohne jedoch nach rechts oder links zu sehen. Schließlich wusste er, dass es dort nichts gab, worauf er aufpassen musste.

Mit Nicole durch diese leeren Straßen jedoch zu wandern schien bedrohlich. Doch jetzt völlig allein durch die undurchdringliche Nacht zu schleichen, war es doch, etwas ganz völlig anderes. Hans-Jürgen schüttelte die Gedanken ab. Er wollte alles so schnell wie möglich hinter sich lassen, weiter nichts.

Die Revier-Zentrale war jedoch ein unauffälliges Gebäude in der langen Häuserzeile und so wäre Hans-Jürgen um ein Haar vorbeigelaufen. Lediglich ein goldener Stern auf einem Schild zu beiden Seiten des Eingangs wies darauf hin. Er sprang die Treppe hinauf und hielt nun vor der Eingangstür keuchend inne, um zu Atem zu kommen. So würde er jedoch, kein einziges Wort herausbringen. Was sollte er denen überhaupt erzählen? Das etwas unternommen werden musste war klar. Aber wo sollte er anfangen, ohne sich dabei selbst lächerlich zu machen? Die würden ihn bestimmt nicht gehen lassen, nicht nach der Aussage, wie er sie jedoch ursprünglich geplant hatte! Vielleicht genügte eine Ansage.

Er würde von der Schlägerei in der Disko berichten, vielleicht genügte es ja. Mit etwas Glück war er in einer guten Viertelstunde wieder draußen. Hans-Jürgen fröstelte.

Dann öffnete er die große Tür. Der Vorraum war auch nur schwach beleuchtet. Am Ende des Korridors fiel etwas Licht durch den kleinen, rechteckigen Glasausschnitt einer Tür. Um diese Uhrzeit noch einen Bereitschaftsdienst zu schieben, war mit Sicherheit kein besonders angenehmer Job. Die Pinnwand jedoch gegenüber der Treppe ins Obergeschoss, war mit kleinen Zetteln übersät. Einige hatten sich bereits über den Boden verstreut. Direkt daneben führte ein Gang zur Rückseite des Reihenhauses. Hans-Jürgen konnte je, das orange

Licht der Hofbeleuchtung sehen. Zielstrebig steuerte er auf den einzigen beleuchteten Büroraum am Ende des Ganges zu und öffnete die Tür.

Auf dem Boden vor dem breiten Empfangstresen hatten sich jedoch bündelweise Formularvordrucke verteilt. Hans-Jürgen sah sich um. Hier war niemand. Das hintere Fenster auf der rechten Seite stand sperrangelweit offen, so dass die grün karierten Vorhänge im Wind flatterten. Konnte der Durchzug all diese Zettel dann so durcheinander gepustet haben? Schnell schloss Hans-Jürgen die Eingangstür hinter sich.

Hallo?" Die Worte hallten seltsam in der sehr großen, karg möblierten Dienststube .

Ist jemand hier?" Hans-Jürgen tappte durch die offen stehende Klappe hinter den Empfangstresen. Eine angelehnte breite Tür führte von dort aus in einen ebenfalls beleuchteten großen Nebenraum. Bestimmt klopfte der Knöchel seines rechten Zeigefingers viermal gegen das Türblatt, bevor er es vorsichtig zur Seite schob.

Aktenschränke und ein riesiger Schreibtisch füllten den kleinen Archivraum vollständig aus. Die uralte Tapete an den Wänden zeugte davon, dass hier hinten selten Gäste erwartet wurden. Eine Leselampe am Schreibtisch beleuchtete eine halbvolle Tasse Kaffee. Daneben lag ein zurückgelassener Kugelschreiber.

Unruhig sah sich Hans-Jürgen um.

Doch auch hier war niemand. Er widerstand dem Drang, noch einmal laut zu rufen. Stattdessen steckte er seinen kleinen Finger in die Kaffeetasse. Eiskalt! Was hatte das zu bedeuten? Hans-Jürgen griff nach dem achtlos baumelnden Telefonhörer. Tot, so wie der Rest dieses Gebäudes! Sorgfältig legte er ihn zurück auf die Gabel. Weshalb, konnte er selbst nicht erklären. Dann widmete er seine Aufmerksamkeit dem Schmierzettel neben dem Kaffeebecher. Die hastig geschriebenen Worte waren kaum zu entziffern. Da stand etwas von Sperrzone und standhalten, doch am meisten beunruhigte ihn das deutlich erkennbare Fragezeichen dahinter. Das Krachen einer Tür ließ jedoch

Hans-Jürgen zusammenfahren. Er lauschte angestrengt, doch außer dem pfeifenden Wind war nichts zu hören. Vorsichtig ging er zurück zur Archivtür und lugte in den Tresen Raum.

Ist jemand hier?"

Die Vorhänge wedelten. Vielleicht sollte er endlich dieses Fenster schließen?

Wieder polterte eine Tür. Hans-Jürgen sträubten sich alle Nackenhaare. „Scheiße noch mal! Was wird hier eigentlich gespielt?"

Er sprach die Worte laut in der Stille, um sich damit zu beruhigen. Der Versuch schlug fehl.

He, zeigen sie sich!", rief Hans-Jürgen laut, als könnten jedoch die Worte dämonische Geister seiner Phantasie vertreiben.

Ich weiß genau, dass sie hier irgendwo sind!" Aber gleichzeitig sagte ihm sein Verstand, dass das genauso unwahrscheinlich war, wie an einem langen Verkaufs-Samstag einsam und allein durch einen neueröffneten Schnäppchen-Markt zu spazieren. Hier war niemand! Hans-Jürgen blickte hinaus auf den Flur. Auch hier herrschte gähnende Leere.

Warum konnte Nicole denn jetzt nicht bei ihm sein? Oder irgendwer sonst... Jemand, dem er Mut vor-spielen konnte, bevor ihn jedoch vollständig die Angst beherrschte. Sein Blick fiel auf die schwarzen Punkte auf dem Teppichboden. Hans-Jürgen sah genauer hin. Das war ihm vorhin noch gar nicht auf-gefallen.

Seine Fingerspitze berührte den dickflüssigen Tropfen.

Nein, bitte nicht!" Er kniff die Augen zusammen. Kaum zu glauben, dass er die Flecke bei seiner Ankunft völlig übersehen hatte. In der Nähe der Pinnwand fanden sich noch mehr dieser schwarz roten Perlen . Hans-Jürgen blickte unruhig in alle Richtungen und widerstand jedoch dem Drang, schnurstracks zur Eingangstür zurück auf die Straße zu rennen. Er durfte jedoch jetzt gar nicht die Nerven verlieren! Denke rational! Vielleicht war ja auch noch im Obergeschoss... Sein Blick glitt die Treppe hinauf in die Dunkelheit.

Kurz entschlossen machte er sich auf den Weg nach oben. Der Flur im Obergeschoss war jedoch nicht beleuchtet, aber der matte Schein, welcher jedoch von unten hinauf schimmerte genügte, um sich zu orientieren. Auf dem oberen Gang befanden sich nicht mehr als acht Türen. Einige davon standen halb offen. Behutsam tappte Hans-Jürgen näher. Waren das die Türen, welche der Wind vorhin auf und zu geschlagen hatte? Äußerst, jedoch vorsichtig öffnet seine linke Hand die nächste Tür vollständig.

Dunkelheit.

Seine rechte Hand tastete nun nach einem Lichtschalter. Zuerst spürte er nur Tapete, dann eine Steckdose und schließlich (Ungewöhnlich hoch) doch noch den ersehnten Schalter. Irgendwie hatte Hans-Jürgen erwartet, dass der Raum, je so dunkel blieb,doch nach wenigen

Sekunden blitzten die Leuchtstoff-
röhren und vertrieben dann nun die
Finsternis. Hans-Jürgen zuckte
dennoch zusammen.
Diesen Anblick hätte er bestimmt
nie erwartet. Nicht auf einem
Revier der städtischen Polizei.
Stühle und Tische lagen umgekippt
auf dem Boden. Der Inhalt von den
Schubkästen und Aktenschränken
war entnommen und auf dem
Fußboden verteilt. Im Raum
herrschte Chaos. Ganze Regale
waren umgerissen. Dazwischen
lagen zerborstene Töpfe samt den
Inhalt. Kaffeetassen, Stifte, auch
zerbrochene Stücke die Hans-
Jürgen gar nicht mehr zuordnen
konnte. Vom Fußboden war kaum
noch etwas zu sehen. Hans-Jürgen
zwängte sich durch die Müllhalde.

Wer, in aller Welt, konnte so etwas getan haben?

Eine Zwischentür führte in einen weiteren Raum. Direkt daneben entdeckte Hans-Jürgen ein Wand-Bord, auf welchem früher mal ein Telefon nebst Fax gestanden hatte. Nun hing das Gerät, welches auf eine Endlospapierrolle druckte, an seinen fast aus der Wand defektes, gerissenes Kabel knapp über dem Boden. Das Faxgerät! Aus der roten Plastikkiste hing mindestens ein halber Meter Papier. Hans-Jürgen bückte sich, als erneut irgendeine Tür jedoch lautstark ins Schloss fiel.

Verfluchter Durchzug", murmelte Hans-Jürgen, um sich nicht noch unruhiger zu machen, als er ohnehin schon war.

Behutsam zog er den zerknitterten Papierstreifen unter dem heraus gerissenen Stromkabel hervor.

Zwei Nachrichten. Die erste war jedoch uninteressant. Die zweite Mitteilung hätte jedoch Hans-Jürgens ungeteilte Aufmerksamkeit erregen sollen. Doch noch ehe er überhaupt zum Lesen des Inhalts kam, tropfte etwas Dunkles auf das weiße Papier vor ihm. Erschrocken ließ Hans-Jürgen das Blatt fallen. Der Tropfen rollte zu Boden und hinterließ eine ekelhafte, schwarzrote Bahn auf dem weißen Papier. Erschrocken sah Hans-Jürgen zur Decke... Doch da war nichts. Er blickte sich im Raum um...

Tatsächlich! Dort vorn, keine zwei Meter vor ihm. Ein weiterer rotschwarzer Tropfen am Boden.

Hans-Jürgen beugte sich zu Boden. Doch wie war der Tropfen, dahin gekommen?

Er schluckte hart, als direkt neben den vorhandenen, jedoch ein neuer Tropfen fiel. Eine Ahnung, eine schreckliche Vorahnung... Die Augen fest zusammengekniffen, tasteten die Finger seiner linken Hand nach der Wunde auf seiner rechten Schulter.

Beinahe hätte Hans-Jürgen vor Schmerz aufgeschrien, als seine Fingerspitzen in das schleimige, feuchte Etwas tauchten.

Die Überraschung ließ den Laut jedoch zu einem heißeren Gurgeln vorkommen. Erschrocken starrte jedoch Hans-Jürgen auf den gelblich, blutigen Brei zwischen seinen Fingern.

Der saure Geschmack in seinem Mund drohte jeden Augenblick hervorzubrechen.

Mein Gott, lass es doch gar nicht so schlimm sein!"

Hans-Jürgen blickte für eine Sekunde auf seine Schulter hinab und wünschte bereits im selben Augenblick, dass er es nicht getan hätte.

Kraftlos sackte er zu Boden, ließ den Kopf gegen eine umgestürzte Schreibtischplatte sinken. So etwas jedoch, hatte er heute schon einmal gesehen. Was es auch war, jetzt hatte es ihn ebenso erwischt! Hans-Jürgen schüttelte energisch seinen Kopf. Nein, das durfte nicht wahr sein! Das konnte einfach gar nicht stimmen! Schließlich handelt' es sich ja nur, um einen winzigen

Kratzer. Das würde wieder schnell vergehen. Es konnte gar nicht so schlimm sein, wie es aussah.

Was habe ich denn überhaupt gesehen?, murmelte er dann in die Dunkelheit. Schließlich hatten die durchtränkten Fransen und Fasern seines Hemdes, die in der offenen, schwammigen Wunde hingen, fast alles verdeckt.

Er schlug mit der flachen Hand gegen die Tischplatte.

Scheiße, Nicole, was hast du mir angetan?"

Wut kochte in ihm empor. Hans-Jürgen sprang auf und trat mit all seiner Kraft gegen das herunter-baumelnde Faxgerät, welches nun splitternd gegen die Wand krachte und zurück schwang. Sein Blick fiel auf den zerrissenen Zettel.

Frustriert riss er ihn dann aus der Maschine und warf ihn dann, als zusammengeknüllten Papierball durch die Tür in den dunklen Nebenraum.

Was wollte er dann noch hier? Hans-Jürgen hätte sich von Anfang an aus dem Staub und in Sicherheit bringen sollen!

Auf dem Rückweg zur Tür hätte er es beinahe zertreten. Die Breitseite des Feuerzeugs zeigte in großen grünen Buchstaben nun die Worte: Schützen und dienen. Hans-Jürgen lachte laut auf und wollte es schon mit aller Kraft gegen die Wand werfen, doch dann steckte er es in seine Hosentasche. Kurz spielte sein Kopf mit dem Gedanken, die Formulare auf dem Boden jedoch in Brand zu stecken.

Die Idee entbehrte nicht eines gewissen Reizes, doch dann verwarf sein gesunder Menschenverstand diesen genialen Einfall.

Erneut krachten irgendwo Türen, doch Hans-Jürgen achtete schon gar nicht mehr darauf. Schnurstracks ging er dann, durch einen weiteren ebenfalls unbeleuchteten Nebenraum, ist der kürzeste Weg, zurück zum Treppenaufgang. In der Finsternis prallte er nun frontal gegen den Brustkorb des toten Wachmeisters. Erschrocken sprang Hans-Jürgen zur Seite und wartete, bis sich seine Augen jedoch an die Dunkelheit gewöhnt hatten. In der Zwischenzeit hörte er nur das unentwegte, langsam abklingende quietschen eines Metallhakens. Der Gestank im Raum war extrem.

Oh Gott! Hans-Jürgen blickte auf den sanft hin und her schwingend, nun den Körper vom Wachmeister. Schnell hielt er sich die Hand vor den Mund. Wer konnte so etwas tun? Vor Hans-Jürgens Augen begann sich die Umgebung zu drehen. Hatte der arme Schlucker den Hocker unter seinen Füßen selbst zur Seite getreten? Vielleicht nachdem er das gesamte Büro derart demoliert und auf den Kopf gestellt hatte?

Ein durch Mark und Bein gehender Schrei riss Hans-Jürgen aus seinen Gedanken. Bis jetzt war er Felsenfest davon überzeugt, allein in dem Gebäude zu sein. Das war jedoch ein Irrtum!

Noch beunruhigt war, dass ihm die kreischende Stimme, vertraut war!

Hastig rannte er durch die zweite Tür hinaus auf den langen Flur. Die Treppe befand sich um die Ecke am anderen Ende. Wieder zerriss dieser gurgelnde Laut die Stille. Das Licht, welches jedoch noch immer von unten herauf schimmerte, ließ ihn wenigstens erahnen, wohin er trat. Er raste um die Ecke und erstarrte. Unten, vor der Pinnwand auf den Treppen-Absatz lag jemand.

Nicole!", durchfuhr es ihm kalt, obwohl er nur das wilde Büschel roter Haare auf den Stufen sah. Ihr Körper zuckte, dann hob sie den Kopf und starrte zu ihm hinauf. Das verschmierte Gesicht wirkte abstoßend, ihr rechtes, giftgrünes Auge jedoch, beinahe, vollständig verquollen.

Bitte! Hilf mir! Bitte..." Ein Arm griff über die Treppenstufen zu ihm hinauf und Hans-Jürgens Blick fiel auf das ehemals weiße Shirt, das von ihrer Hüftwunde eine gelblich, weinrote, Färbung angenommen hatte.

Hans-Jürgen keuchte.

Du hast mir das angetan!"

Doch die Worte klangen gar nicht so überzeugend.

Hilf mir, bitte!"

Hans-Jürgen versuchte seine Wut auf dieses Häufchen Elend jedoch zu schüren, aber sie verrauchte, bevor sie recht empor loderte. Und vorsichtig stieg er einige Stufen hinunter.

Nein! Sie warten...auf dich! Nein...

Husten ließ sie Blut auf die Treppe spucken.

Hans-Jürgen zögerte. Da unten war außer der Pinnwand und Nicole war nichts zu sehen. Der perfekte Hinterhalt! Aber wer sollte ihn auflauern wollen? Vorsichtig schob er sich weiter die Treppe hinab.

Nein, … Nein, Hans-Jürgen...!

Er hörte Nicole keuschen.

Hans-Jürgen zögerte nun. Plötzlich drehte er sich um und rannte den dunklen Gang zurück bis zu der kleinen Kammer. Der Wachmann schwang noch immer sanft hin und her, bis sich Hans-Jürgen an seiner Ausrüstung zu schaffen machte. Er tastete den toten Körper in der Dunkelheit ab, bis seine Finger etwas metallisches, kühles spürten. Erleichtert atmete er auf und zog die schwere Dienstwaffe aus dem Halfter.

Mit dem seltsamen Gefühl von Sicherheit in der Hand rannte nun Hans-Jürgen zurück zur Treppe, wo er noch immer Nicoles leises Wimmern hörte.

Im stockte der Atem, als er hinunter blickte. Im selben Augenblick starrte das Wesen zu ihm hinauf. Kurze Haare, helle Hose, die jetzt jedoch mit unzähligen dunklen Flecken übersät war. Ein Arm hing schlaff an der Seite herab. Soweit es Hans-Jürgen in dem trüben Flurlicht erkennen konnte, hatte sich die Haut dort bereits dunkel gefärbt. Endlich erkannte er die Person wieder. Zumindest hatte er sie schon einmal gesehen. An diesem Abend im Kino! Der Typ hatte fluchend den Saal verlassen und sich den Arm gehalten.

Wie es aussah, hatte es ihm nicht das Geringste genutzt.

Was willst du von Nicole?"

Hans-Jürgen richtete die Waffe des Wachmannes auf den widerlichen Angreifer. Doch dessen Blick blieb genauso leer wie zuvor. Die blanke blitzende Klinge in seiner Hand schwang über Nicole langsam hin und her. Irgendwie erinnerte das Hans-Jürgen an den Wachmann.

He, lass das Messer nun fallen und verschwinde!"

Nicole zappelte und keuchte. Ihre nun, zusammengebundenen Beine, versuchten krampfhaft irgendwo Halt zu finden..." Anstatt nun zu fliehen, schien das Wesen, Hans-Jürgen nicht wahr zu nehmen. Ungerührt beugte es sich hinunter, bis das Messer Nicole erreichte.

Diese spürte, wie das Metall durch den Stoff des Hemdes, dann ihren Rücken erreichte und schrie. An der Stelle begann sich das T-Shirt rot zu färben. Jetzt hörte sie auch Hans-Jürgen irgendwas schreien. Verzweifelt presste sie ihren Körper gegen die nackten, kalten Treppenstufen, doch in diese Richtung gab es kein Entkommen. Sie lag ganz still, getraute sich kaum mehr zu atmen, in der Angst, durch Ansaugen von Luft könnte sich die Klinge noch tiefer in die Haut ihres Rücken bohren.

Verschwinde, du... Hau … doch... endlich ab!" Seine Hände zitterten, so dass er sich nicht einmal sicher war, den Angreifer auf diese kurze Distanz zu treffen.

Doch dann schnappte Nicole mit je

einem gurgelnden Schlürfen nach Luft und kreischt, dass sich ihre Stimme mehrfach überschlug, als die scharfe Spitze einen Strich auf ihren Rücken malte.

Dieses Schwein! Hans-Jürgen traute seinen Augen kaum, dann löste sich noch ein Schuss aus der Waffe.

Das Wesen erstarrte und richtete seinen Blick auf Hans-Jürgen.

Aha! Das erregt wohl nun doch deine Aufmerksamkeit, oder?"

Was es jedoch möglich, dass er die Kreatur, als etwas anderes wollte es Hans-Jürgen nicht bezeichnen, verfehlt hatte?

Nicole schlug um sich, versuchte jedoch verzweifelt, ihren Peiniger zu entkommen, bis dieser seinen Fuß auf ihren Hals stellte, was ihr jede Chance und auch den Atem nahm.

Verschwinde endlich, du perverses Schwein."

Hans-Jürgen brüllte die Worte, bevor sich mehrere Schüsse jedoch aus der Waffe nun lösten, und dem Angreifer entgegen fauchten. Er sah nicht genau, wo sie ihn durchbohrten, nur das Blut, welches gegen die weißen Papiere der Wandzeitung spritzte. Hans-Jürgen schoss wieder und wieder. Einige Schüsse verfehlten ihr Ziel, doch nicht zu viele. Manche zerfetzten die Wandzeitung und drangen dann in den dahinter liegenden Strom-Kasten. Höllischer Lärm in dem hallenden Flur, bis das Magazin leer war und die Waffe nur noch müde klickte.

Das Wesen schwankte nach hinten, stürzte gegen die Wand. Kleine blaue Flammen schlugen aus dem Sicherungskasten. Der nun leblose Körper glitt wie ein nasser Sack an der Wand zu Boden, an der er eine ekelhafte Spur hinterließ. Dann zischte etwas im Sicherungskasten und das Licht im gesamten Haus erlosch.

Doch inzwischen war Hans-Jürgen längst bei Nicole. Tastete nun sehr vorsichtig nach ihrem malträtierten Körper und strich ihr sanft durchs Haar.

Kopf hoch, Nicole. Du bist jedoch, sehr tapfer."

Leider konnte er jetzt das warme Lächeln auf ihrem Mund gar nicht sehen, obwohl sie noch immer vor Erschöpfung keuchte.

Vorsichtig tastete nun Hans-Jürgen im dunklen nach dem Angreifer. Irgendwo musste er dessen Messer finden. Es dauerte nun eine ganze Weile, bis er damit Nicoles Fesseln zerschnitten hatte.

Wer hat dir das angetan?"

Doch sie ignorierte seine Frage und schluchzte.

Ich will nur hier raus, will, dass es endlich Morgen wird!"

Hans-Jürgen half ihr je auf, wobei sein Arm beinahe wieder in ihre klaffende Hüftwunde nun gerutscht wäre. Nicole schwankte und selbst oben auf dem Gang hatte sie jedoch noch Schwierigkeiten mit dem Gleichgewicht.

Was, müssen wir denn noch mal dort hoch? Können wir denn nicht endlich, auf die Straße hinaus?"

Doch Hans-Jürgen schüttelte nun energisch mit den Kopf.

Was, wenn dieser Typ nicht der einzige ist? Willst du wirklich völlig schutzlos dort hinaus?"

Aber bis jetzt..."

Nichts aber",beharrte Hans-Jürgen. Hier oben muss es noch Munition geben."

Er öffnete die Tür und zog Nicole in den kleinen Raum.

Aber wie willst du die, in dieser beschissenen Finsternis finden?"

Halt suchend griff sie nun in die Dunkelheit und bekam dann einen Fetzen Stoff zu fassen.

Hans-Jürgen griff dann nach dem Feuerzeug. „Schützen und dienen", flüsterte er und die winzige, kleine Flamme schoss aus der Klappe.

Nicole zuckte zusammen und stieß

den Wachtmeister von sich, so dass dieser, an die gegenüberliegende Wand pendelte. Sie legte nun beide Hände vors Gesicht, doch ihren Schrei konnte sie gar nicht unterdrücken. Dann wurde sie von der zurückschwingende Leiche frontal getroffen.

Hans-Jürgen schlang beide Arme um ihren Körper um ihren Sturz zu verhindern.

Beruhige dich! Der kann dir nichts mehr tun."

Sie schluchzte und nickte mit dem Kopf. „Das sind auch nur noch die Nerven, Hans-Jürgen, nur noch die Nerven!"

Kurze Zeit später begannen beide den Polizisten zu durchsuchen. Das Reservemagazin steckte ebenfalls im Halfter.

Nicole zerrte an dem Verschluss. Warte, ich helfe dir."

Gemeinsam machten sie sich nun an dem Gürtel zu schaffen und der Körper sackte plötzlich herunter, fiel dann krachend auf das kalte Linoleum. Scheiße!"

Kannst du laut sagen. Wenigstens kommen wir jetzt besser ran."

Während Hans-Jürgen sich weiter um das Magazin jedoch kümmerte, entdeckte Nicole ein Papierball auf dem Boden. Behutsam faltete sie den Fetzen auseinander.

Hallo, gib mir mal das Feuerzeug, Hans-Jürgen!"

Keine Minute später, wurde es nun plötzlich dunkel im Raum.

Mein Gott, Scheiße Hans-Jürgen!"

Was, das Feuerzeug?"

Nein." Wortlos drückte sie ihm den

Zettel in die Hand.

Wenn das wahr ist. Mein Gott!",
nicht nur ihre Stimme zitterte. Sie
gab ihm das Feuerzeug.

Lies es selber."

Hans-Jürgen entzündete die kleine
Flamme. Der Zettel! Er runzelte je
die Stirn. Es handelte sich um ein
Fax mit seinem Blut, welches er
jedoch vorhin,auch so achtlos weg-
geworfen hatte. Jedoch die zweite
Mitteilung! Er erinnerte sich, wie
er diesen Papierball durch die Tür
geworfen hatte.Mit jedoch düsterer
Vorahnung begann er zu lesen.

Sehr geehrte Damen und Herren,
nun die Sitzung des Krisen-Stabs
erbrachte neue Erkenntnisse über
den aktuellen Stand des Zwischen-
falls. Wie sich herausstellte, haben
sich folgende Fakten bestätigt:

1) Es handelt sich je ausschließlich um ein territorial stark begrenztes Einflussgebiet.

2) Noch ist jedoch der Auslöser, im Folgenden auch Erreger genannt, nicht identifiziert.

3) Sollte die Laborprüfung jedoch des Einzelstoffes positiv ausfallen..

Bis jedoch, zu einer endgültigen, Bestätigung sollten sie doch, nun zu ihrer eigenen Sicherheit, die Verhaltensregeln auch einzuhalten: Aufenthalt unter freien Himmel sollte vermieden werden.

Um einer Massenpanik entgegen zu wirken, ist diese Information als geheim eingestuft...

Hans-Jürgen ließ den Zettel nun zu Boden sinken. Er wusste nicht,was er sagen sollte. Vielleicht war es besser, überhaupt nichts zu sagen.

Nicole griff nun zaghaft nach der Schulter von Hans-Jürgen.Lass uns nun beide, von hier doch endlich verschwinden, bitte!"

Hans-Jürgen starrte noch immer wie gebannt auf den zerknitterten Zettel,, welcher durch eine Spur seines eigenen Blutes signiert war. Lass mich in Ruhe!"

Er sah zu Nicole, die ihn verstört anblickte.

Tut mir leid, ich bin ein bisschen durch den Wind."

Doch diese zupfte jedoch erneut an seinem Ärmel.

Hans-Jürgen, wir sollten uns jetzt beeilen."

Ihr widerlicher Gestank stach in seiner Nase, trotzdem musste er sich zügeln, um nicht nach ihr zu tasten.

Wahrscheinlich roch seine nässend' Schulterwunde nicht viel besser.

Langsam schoben sich die Zweifel hinaus auf den dunklen Flur bis zur Treppe. Hans-Jürgen hielt die neu geladene Waffe weit von sich, als wollte er damit jedoch, nichts zu tun haben. Mir vorsichtigen, fast lautlosen Schritten tappten die zwei durch die Dunkelheit. Er zündete jedoch das Feuerzeug, um wenigstens auf der Treppe zu sehen, wohin er trat. Nicole wusste er dicht hinter sich, konnte schon fast ihren heißen Atem im Nacken spüren. Sie taumelte und hielt sich immer wieder an ihm fest. Endlich stand er vor der zerschossenen Pinnwand und blickte nach unten. Der Boden war leer. Außer ein paar verschmierte Schleifspuren.

Erschrocken blickte Hans-Jürgen den Gang hinunter. Die Schleif-Spuren führten jedoch bis zur Eingangstür. Das konnte nicht wahr sein! Hans-Jürgen war sich sicher gewesen, das...

Nervös spielte seine Hand mit der Pistole.

Autsch!" Das heiße Feuerzeug entfiel seiner Hand und stürzte in die Dunkelheit.

Was ist denn los, Hans-Jürgen?", flüsterte Nicole besorgt.

Dieser tastete nach dem Feuerzeug und drückte es ihr in Hand.

Hier nimm!"

Hans-Jürgen, wo ist denn nur das Problem? Hauptsache, er ist weg, oder?" Sie versuchte, sich dann an ihn zu schmiegen, doch er schob sie von sich.

Was ist denn los?"

Ich weiß auch nicht, vielleicht will ich ja nur diesen Alptraum endlich vergessen."

Dann sollten wir gehen!"

Energisch griff sie je, nach seinem Arm und zog ihn zur beleuchteten Hintertür.

*

Der Hinterhof war in ein oranges Natriumlicht getaucht. Willenlos ließ sich Hans-Jürgen von Nicole führen. Diese steuerte geradewegs auf die Nebeneingangstür der Garagenreihe zu. Hier draußen pfiff ihnen jedoch inzwischen ein ziemlich heftiger Wind um die Ohren. Sternenhimmel und Mond waren gänzlich verschwunden.

Nicole stieß die Tür auf und kurz

darauf flammte das Neonlicht in der riesigen Garagenhalle auf. Zwei Streifenwagen und ein Transporter standen noch hier, die restlichen Stellplätze waren leer.

Jetzt sah Hans-Jürgen Nicole das erste Mal wieder bei vollem Licht und er hätte am liebsten auf der Stelle die Augen geschlossen. Ihr bleiches, sehr verquollenes Gesicht hatte jedoch vom Auge aus einen fürchterlich, verheerenden, Blaustich bekommen. Das T- Shirt hing ihr jedoch in wilden Fetzen um ihren fleckigen Körper und die ganze rechte Seite triefte eiterig rot. Einen Schuh hatte sie verloren, der andere hatte einen Absatz eingebüßt. Die giftgrünen Augen starrten ihn aus tiefen, dunklen Höhlen heraus an.

Das feuerrote Haar klebte an ihrem Körper, oder fiel ihr nun in wilden Strähnen ins Gesicht. Jedoch unter normalen Umständen hätte Hans-Jürgen beim Anblick dieser extrem' Erscheinung doch sofort die Flucht ergriffen. Doch nicht heute. Diese Frau war verdammt noch mal das Einzige, an das sich Hans-Jürgen momentan noch klammern konnte. Hans-Jürgen, zerbrich dir nicht den Kopf wegen diesem Kerl vorhin."

Nicole steuerte nun direkt auf die Werkbänke und Lagerregale und der Längswand zu. Die Schaufel und die Spaten, hingen ordentlich aufgeräumt an der Wand.

Egal, wohin er ist, das nächste Mal werde ich vorbereitet sein."

Mit einem Ruck zog sie darauf die blaue Axt vom Haken.

Das Grinsen entstellte ihr Gesicht zu einer Grimasse.

Los jetzt."

Zielstrebig steuerte sie nun auf den erstbesten Streifenwagen zu. Hans-Jürgen traute seinen Augen nicht, als sie mit bloßer Faust jedoch die Seitenscheibe einschlug, ohne die Scherben zu beachten, die durch ihre Haut schnitten. Schon hatte sie den Wagen geöffnet und begab sich ins Innere.

Was ist denn je los, Hans-Jürgen? Kommst du?"

Dieser sah sie nun fassungslos, mit weit aufgerissenem Mund an.

He, du solltest einsteigen!"

Ich denke nicht."

Oh doch, ich glaube schon!"

Hans-Jürgen schrak zusammen, als hinter ihn etwas zu Boden polterte.

Er fuhr herum und starrte in die verzerrte Fratze des Kinomannes. Ein Glucksen entstieg jetzt seiner Kehle, dann raste er wie wild auf den Polizeiwagen zu.

Halt, warte auch mich, Nicole!"

Hastig sprang Hans-Jürgen auf den Rücksitz, während Nicole jedoch versuchte, den Wagen kurz zu schließen. Ein doch, verkümmertes Röhren drang aus der Motorhaube.

Mach schon, mach schon!"

Tut mir leid, Hans-Jürgen, aber ich knacke nun mal nicht jeden Tag Autos."

Wieder zitterte das Auto unter dem jedoch, erstickenden Keuschen des Anlassers, während Nicole dann versuchte, verschiedene farbigen Drähte, unter der abgerissenen Lenkradverkleidung nun nach dem

Zufallsprinzip miteinander je zu kombinieren.

Hans-Jürgen starrt durch die Glas-Scheibe auf das näher kommende Wesen. Er umklammerte die Waffe mit beiden Händen. Dabei war er sich so sicher gewesen, das er auch dieses Ding erledigt hatte. Doch egal, was es sein mochte, jetzt war es keine fünf Meter mehr von dem Wagen entfernt.

Nicole, bitte, jetzt ist ein günstiger Zeitpunkt!"

Aber natürlich wusste er, dass sie bereits ihr Bestes gab.

Dann heulte der Motor auf. Der Streifenwagen machte einen Satz nach vorn und brach durch das breite Rolltor der Garage.

Aluminiumstreifen spritzten nach allen Seiten.

Hans-Jürgen verbarg seinen Kopf unter beiden Armen, trotzdem atmete er erleichtert auf, als das Auto mit quietschenden Reifen auf die Hauptstraße bog.

Du bist ernsthaft krank, Nicole."

Diese lachte nur heiser bis Hans-Jürgen auch lauthals zustimmte. Er wusste nicht weshalb, wusste nur, dass es je, unglaublich befreiend wirkte.

Fahr hinaus, einfach nur weg von hier!"

Die Worte waren überflüssig. Denn Nicole jagte bereits auf der Mitte der vierspurigen, menschenleeren Straße dahin. Es schien, als sei inzwischen in manchen Stadtteilen die Stromversorgung jedoch, total zusammengebrochen. Die Straßen-Beleuchtung funktionierte je nicht.

Doch der eine überlebende Auto-Scheinwerfer genügte, um bei dieser jedoch, halsbrecherischen Geschwindigkeit nicht von der breiten Straße abzukommen. Nicole schien sichtlich großen Gefallen daran zu finden, bei jeder neunziger Grad Kurve die Reifen quietschen zu lassen.

Hans-Jürgen grübelte. Wenn sie jetzt angehalten wurden, was um alles in der Welt sollten sie dann erzählen? Mitten in der Nacht, mit einem schrottreifen, gestohlenen Polizeiwagen! Da musste die Ausrede schon gut sein. Und Hans-Jürgen bezweifelte irgendwie, dass er bei einem Verhör besonders gut abschneiden würde.

Er klammerte sich an Nicoles Sitz, als der Wagen in die nächste Quer-

Straße glitt. In der Ferne war dann bereits ein rötlicher Schimmer am Horizont zu erkennen. Waren sie schon so lange unterwegs?

Doch der Gedanke verlor sich, als er wieder in die andere Richtung geschleudert wurde.

Er prallte je, mit seiner nässenden Schulter gegen den Beifahrersitz. Der Schmerz ließ ihn zusammenfahren. Anscheinend hatte sich die Wunde unter seinem Hemd weiter ausgeweitet.

Scheiße, fahr langsamer, Nicole!"

Behutsam tastete er über seinen rechten Arm und wünschte sich so sehr, eine Flasche Fusel aus der Disko.

Dann sahen sie von weit, die ersten Personen, die ihnen auf offener Straße begegneten. Im Licht waren sie nichts weiter, als schemenhafte Silhouetten, die ihnen entgegen gerannt kamen. Innerhalb weniger Augenblicke sauste die Gruppe an den Seitenfenstern des Polizei Streifenwagens vorbei. Nicole trat auf die Bremse.Vielleicht hatte sie die rennende Menschenmenge nun schon vor ihm gesehen. Erstaunt sah Hans-Jürgen den Leuten aus der Heckscheibe nach. Alle sahen ziemlich heruntergekommen aus. Manche konnten kaum noch laufen oder wurden von anderen hinterher gezerrt. Das ungute Gefühl jedoch, welches ihn in den letzten fünf Minuten im Stich gelassen hatte, war nun schlagartig wieder da. Stärker als je zuvor.

*

Er blickte auf Nicole, dann auf sich selbst hinab. Sahen sie beide etwa besser aus? Ihr Outfit glich je der flüchtenden in erschreckendem Maße. Wovor rannten all diese Leute davon. Hans-Jürgen wollte gerade Nicole auf diesen Punkt ansprechen, als sie um eine weitere links Kurve bogen. Die Räder des Streifenwagens blockierten, als sich Nicole mit aller Kraft auf die Bremse trat. Das Auto drehte sich jedoch auf dem feuchten Asphalt um neunzig Grad.

Hans-Jürgen blieb der Mund offen stehen. Die komplette Häuserfront nun, vor ihnen, stand lichterloh in Flammen. Menschen flüchteten nach allen Richtungen. Manche bereits als lebendige Fackeln.

Weg hier! Schnell, schnell...!"

Hans-Jürgen keuchte, als Nicole versuchte, den abgesoffenen Motor zu neuem Leben zu erwecken.

Plötzlich, jedoch, hämmerte etwas gegen die Beifahrerscheibe.

Sofort Aufmachen!"

Hans-Jürgen dankte nun Gott, dass er vorhin in der Garage die kleine Verrieglung betätigt hatte.

Beeil dich, Nicole!"

Das Hämmern wurde jedoch noch stärker. Plötzlich splitterte die Scheibe. Der Wagen machte einen Satz nach hinten. Nicole riss nun hektisch den Vorwärtsgang ins Getriebe und der Motor heulte auf. Ein dumpfes Poltern, als diese Gestalt über die Motorhaube gegen die Windschutzscheibe prallte.

Verfluchter Mist!"

Nicole stoppte den Wagen.

Hans-Jürgen stieg aus, und brüllte:
He Mann, haben sie keine Augen im Kopf!"

Doch der Körper blieb reglos auf der Motorhaube liegen.

Als Hans-Jürgen danach griff legte sich plötzlich dessen Hand um seinen Unterarm. Der Griff war eisern. Hans-Jürgen unterdrückte einen Schrei.

Bitte! Helft mir! Nehmt mich bitte mit, bitte!"

Die krächzenden Worte waren in dem prasseln der Flammen und dem immer heftiger werdenden Sturm kaum zu verstehen. Der Wind, welcher sich in Richtung Flammen entwickelte, wollte alles Leichte und Brennbare in die Glut reißen.

Hans-Jürgen sah das angstverzerrte

Gesicht des Mannes. Wie dieser versuchte, seinen rasenden Atem unter Kontrolle zu bringen.

Vertrau mir! Allein habt ihr keine Chance!"

Hans-Jürgen starrte den älteren Mann an. Besonders fielen ihm die weißen Bartstoppeln und der ebenso weiße Igel-Haarschnitt auf.

Der angefahrene holte tief Luft.

Es gibt auch gar kein Entkommen. Die brennen alles nieder!"

Was?"

Hans-Jürgen war fassungslos. Wer brennt hier alles nieder?"

Der gesamte Bereich. Habt ihr sie etwa noch nicht gesehen?"

Hans-Jürgen machte ein verstörtes Gesicht.

Wem denn gesehen? Und warum tun die denn so etwas?"

Ja, warum wohl. Vielleicht, weil sie es nicht mehr unter Kontrolle haben! Vielleicht, um Beweise für irgendeine Schlamperei jedoch zu vertuschen! Am Ende war es ein großer Test,ein kalkuliertes Risiko, ein erträglicher Verlust."

Das glaube ich wohl kaum! Wovon reden Sie überhaupt?"

Aber das wir hier weg müssen, dass werden sie doch hoffentlich einsehen." Der Mann deutete jedoch mit dem Daumen auf die stark brennende Häuserfront. Hans-Jürgen nickte betroffen.

Also gut. Steigen sie ein."

Er schob den Mann jedoch kurz entschlossen auf den Beifahrersitz und stieg selbst wieder hinten ein, so konnte er ihren neuen Gast wenigstens im Auge behalten.

Also los, Nicole, verschwinden wir von hier."

Diese trat bereits aufs Gas, als der Weißhaarige eine wegwerfende Handbewegung machte.

Wohin, bei Himmel und Hölle, wollt ihr denn fahren? Denkt ihr etwa, dort hinten sieht es anders aus?"

Heißt das..." Nicole blieben die Worte im Hals stecken, als sie die Wahrheit erkannte.

Genau das heißt es, wir befinden uns auf einer scheiß Insel mitten im Feuer. Und wer sollte dann eben, noch Protest erheben, oder Anklage, nach dem sich die Feuer in der Mitte getroffen haben? Dem Rest der Welt können die dann alles Mögliche erzählen!"

Aber wohin sollen wir jetzt?"

Hans-Jürgen kämpfte sichtlich, mit seine aufbrodele Panik nieder.

Wenn wir vom Feuer umgeben sind? Wie sieht es dann mit der Kanalisation aus?"

Nicht gut", entgegnete der Mann.

Das haben einige bereits versucht. Die wurde jedoch mit Gas geflutet. Unpassierbar und irgendwann wird der unterirdische Bereich dann durch einen Feuersturm gereinigt."

Verdammte Scheiße noch mal! Wer gibt ihnen das Recht dazu? Wie sollen wir hier raus kommen?"

Es ist nicht so gedacht, dass wir hier raus kommen sollen. Wir stellen eine viel zu große Gefahr dar."

Also stimmt doch die Geschichte mit den ansteckenden Erregern?"

Ich habe keinen blassen Schimmer,

von irgendwelchen Erregern. Das einzige, was ich weiß... Ich habe keinen blassen Schimmer von irgendwelchen Erregern. Das einzige, was ich weiß... Ich habe jedoch auch keine Lust, in diesem Flammeninferno noch gegrillt zu werden!"

Der Mann zuckte jetzt nur mit den Schultern.

Ist schon möglich, das mit der Übertragung. Keine Ahnung wie, aber sehen sie sich doch einmal genauer um."

Aber sind die Maßnahmen nicht trotzdem etwas drastisch?"

Meine Rede. Wahrscheinlich gibt es außer uns noch genügend nicht infizierte!"

Kurz nach dem sich der Streifenwagen von dem Feuerbrand jedoch entfernt hatte, war es nun, ringsum, wieder stockdunkel.

Und was schlagen sie nun vor?", unterbrach Nicole die eingetretene Stille.

Ist ihnen denn Dietmars Club ein Begriff."

Hans-Jürgen schüttelte den Kopf, schließlich kam er nicht aus der Gegend. Doch Nicole nickte.

Das könnte eine Chance sein. Aber meinen sie wirklich, das wir die Einzigen sind, denen diese Idee kommen wird."

Jetzt verzog der Mann sein Gesicht zu einem Grinsen, obwohl das in der Dunkelheit niemand sehen konnte.

Das sicher nicht! Aber wir sind die einzigen, die den Schlüssel zum Clubhaus haben!

Mit eurem Wagen können wir dann meinen Club erreichen, bevor die Wissenden von hier, dort dann eintreffen."

Wie es aussieht, sind wir also aufeinander angewiesen", stellte dann Hans-Jürgen nüchtern fest.

*

Mit quietschenden Reifen kam der Streifenwagen mitten auf der unbeleuchteten Straße zum Stehen. Die Leuchtreklame mit dem Slogan Dietmars Club war genauso dunkel wie der Rest der Straße.

Nicole, Hans-Jürgen und Dietmar, so nannte ihn zumindest Hans-Jürgen jetzt, sprangen aus dem Auto. Dieser führte sie zu einem Nebeneingang.

Wir müssen uns beeilen."

Ich weiß nicht genau, wie schnell dieses verfluchte Feuer jedoch vorantreiben, sondern nur, dass es uns einige Zeit kosten wird, um den Heißluftballon startklar zu machen. Außerdem werden Flammen die Thermik äußerst negativ jedoch beeinflussen."

Hans-Jürgen schluckte und starrte den Mann entgeistert an.

Was sagten Sie? Einen Heißluft-Ballon? Sie sind echt verrückt, Mann."

Wenn ihnen jedoch etwas besseres einfällt, dann heraus damit."

Schlüssel klirrten, dann schwang die Stahltür auf. Nicole und Hans-Jürgen wurden durch einen langen dunklen Gang geführt. Am anderen Ende führte eine weitere Tür in eine kleine Werkstatt.

Dietmar knipste das Licht einer Taschenlampe an, bis er damit den Anlasser eines winzigen kleines Notstromaggregates je gefunden hatte. Und mit einem einzelnen Halogenscheinwerfer konnten sie dann, den Hinterhof notdürftig beleuchten.

Hier ist es! Ich weiß, der Hof ist auch kein idealer Startplatz. Unter normalen Umständen wäre es sogar verboten, von hier aus zu starrten und ich würde jeden, der das versucht für verrückt erklären, aber ich denke mal, wir sollten das heute nicht so kleinlich sehen."

Nicole grinste.

Also gut, fangen wir an!"

Es dauerte mindestens zwanzig Minuten, bis Dietmar mit der Heißluftbelüftung beginnen konnte und noch waren für Hans-Jürgens Geschmack viel zu wenige Knoten und Leinen fest verschnürt. Immer wieder sah er jedoch, verstohlen zum Himmel, zumindest zu dem Teil des Himmels, der in einem engen Hinterhof sichtbar ist. Sein Blick suchte nach Flammen. Nach einer Feuerwand, welche von allen Seiten nun unaufhaltsam auf sie zurollte.

Dann glitt sein Blick jedoch, zu dem provisorisch aufgebauten Ballonkorb.

Ist das denn auch sicher, wenn wir alles im fast Dunklen zusammen-knüpfen?"

Dietmar lachte, obwohl ihm doch, überhaupt nicht danach zu zumute war.

Sicherer jedoch, als der Feuertod,

ganz bestimmt! Aber du kannst uns ja nun, erst eine Probefahrt machen lassen!"

Nicole hüpfte nun aus der kleinen Gondel.

Also hier oben ist alles befestigt! Ich hätte ja nie gedacht, dass hier so viel zu bedenken ist."

Gut, dann kannst du hier mit... He, was war das?"

Hans-Jürgen lauschte, doch jetzt war es jedoch wieder still. Nur das Rauschen des Heißluftbrenners, der den Ballon füllte dröhnte mit tiefem Bass.

Habt ihr es denn nicht gehört? Ich dachte, eine der Türen. Wer von euch ist zuletzt durch. Habt ihr sie jedoch, wieder ordnungsgemäß verschlossen?"

Nicole zuckte mit den Schultern.

Keine Ahnung, darauf habe ich gar nicht geachtet."

Na, Klasse! Und jetzt kann jeder in Ruhe über uns herfallen."

Hans-Jürgens Sarkasmus klang bissig.

Am Besten, sie gehen noch einmal nachsehen, Hans-Jürgen."

Dieser nickte absolut begeistert.

He, immerhin haben sie eine Waffe. Wir können es uns nicht leisten, jetzt noch einen Rückschlag zu erleiden."

Hans-Jürgen sah sich um. Der Ballon war bereits bis zur Hälfte gefüllt und noch waren längst nicht alle Befestigungen dort, wo sie hätten sein sollen. Und wenn er ehrlich war, dann konnte er beim Aufbauen des Ballonkorbs auch nicht wirklich sehr helfen.

Na gut, es wird jedoch nicht lange dauern."

Missmutig ging Hans-Jürgen in die Werkstatt zurück. Wenigstens hatte er die Taschenlampe, obwohl die Batterien auch nicht mehr die Welt waren. Vorsichtig tastete er sich zur großen Metalltür. Die Lampe warf einen winzigen, orangebraunen Fleck auf den Boden. Nervös starrte er in jede dunkle Nische. Wie viele Seitengänge es hier gab hatte er jedoch vorhin, gar nicht wahrgenommen. Na ja... nun mal weitergehen. Ja vielleicht... ist das hier auch dein Todesurteil...

*

Nicole bemühte sich dann die Taue durch die Befestigungsösen nun zu ziehen, doch ihre Finger waren so

verkrampft, eiskalt und steif. Noch
dazu konnte sie in der Dunkelheit
kaum die winzigen Öffnungen je
erkennen. Immer wieder, das Bild
verschwamm vor ihren Augen. Sie
wusste, dass etwas ganz und gar
nicht stimmte. Seit wann fühlte sie
sich so elend? Doch sich daran zu
erinnern fiel ihr schwer. Immer
wieder schüttelte sie ihren Kopf,
um munter zu bleiben. Sie musste
sich beeilen, das hier war ihre
letzte und einzige Chance.

Ihre Hüfte begann zu jucken. Es
schmerzte, wenn sie ihren Körper
am Bauch berührte. Nicole jedoch,
versuchte nicht weiter, darüber
nachzudenken. Dann schnappte ihr
das Tau aus der Hand und aus den
letzten acht Ösen. Erschöpft sank
sie gegen den Korb, als Dietmar je

hinter sie trat. Seine Hände legten sich um ihren Körper und sie konnte ihm im Rücken spüren. Sie wusste, das seine Berührung an ihrer Hüfte jedoch hätte schmerzen müssen, doch stattdessen jagte ein sonderbar erregender Stich durch ihren Körper.

Von einer Sekunde zur nächsten war sie sich selbst nicht mehr bewusst, hätte sich nicht wieder erkannt. Ihr Körper wartete. Doch worauf, das konnte sich Nicole gar nicht erklären. Sie spürte Dietmars Lippen an ihrem Hals,seine Zunge. Ein Schauer war da, wie bei einer prickelnden, warmen Dusche.

Sein heißer, fauliger Atem strich ihr über den Hals. Dann krachte irgendwo weit ein Schuss und riss Nicole in die Realität zurück.

Weitere Schüsse zerrissen die Luft, dann war Ruhe. Nicole schüttelte Dietmar ab. Ihr Gesicht war puderrot angelaufen. Was war nur mit ihr los? Irgendwie hatte sie gerade so etwas wie ein Filmriss erlebt. Etwas musste gerade mit Dietmar vorgefallen sein. Ihr Puls raste jedoch noch immer. Das Erlebnis verblasste sofort, wie ein böser Traum. Und momentan hatten sie wirklich andere große Sorgen, als nur zu träumen.

Ein weiterer einzelner Schuss ließ sie zusammenfahren. Hans-Jürgen! Was war mit Hans-Jürgen? Sie wollte zur Werkstatt rennen, doch Dietmar hielt sie mit eisernem Griff zurück.

Damit muss er nun jetzt, allein klar kommen! Ich brauche dich hier.

Sobald wir hier fertig sind, geht es ab!"

Nicole riss sich von Dietmar los. Sie konnte seine Berührung nicht ertragen.

Wir können ihn nicht einfach so zurücklassen?"

Ach meinst du wirklich? Na dann los, gehe ihn doch suchen."

Dietmar grinste ihr jedoch hässlich entgegen.

Nicole machte ein paar Schritte, dann blieb sie zögernd stehen. Was, wenn Dietmar ohne sie aufbrach? War ihm das zuzutrauen? Alles in ihr schrie „Ja!" Doch was würde aus Hans-Jürgen? Sollte sie ihn im Stich lassen? Wenn sie jetzt ging, dann würde Dietmar und mit ihm auch ihre letzte Hoffnung auf Überleben verschwinden.

Na gut ich bleibe!"

Dann kann ich dich wenigstens lange genug aufhalten, bis Hans-Jürgen wieder hier ist, fügte sie in Gedanken hinzu.

Der Ballon war inzwischen fast vollständig gefüllt und Dietmar traf gerade die allerletzten Start-Vorbereitungen. Wie soll sie ihn aufhalten, wenn es soweit war? Sie blickte sich um.Noch war nirgends der Schein von Feuer zu sehen. Zum Glück! Nicole war noch nie in einem Ballon mitgefahren. Aus der Nähe betrachtet, war es ein riesiges Ungetüm. Sie griff nach ihrer Axt, die sie seit ihrem Besuch auf der Polizeiwache bei sich trug und stieg in den Korb. Ihr Blick fiel auf ihre zerschnittene, auf-geschürfte Hand, welche sich um den Axt Stiel gelegt hatte. Ihre Hand! Sie würde Dietmar jedoch aufhalten, ganz gewiss!

Doch das brauchte sie gar nicht mehr. Stattdessen krachte die schwere Metalltür in der Werkstatt schwungvoll gegen die Wand. Hans-Jürgen schlug sie hinter sich zu, um sie kurz darauf mit einer Werkbank zu verbarrikadieren.

Schnell, Leute, schnell, ich weiß nicht, wie lange sie das hier, noch zurückhalten wird!"

Dann sprintete er durch den Werk-Raum, riss einige Behältnisse zu Boden und rannte auf den Ballon-Korb zu. Nicole bemerkte, dass er humpelte und ein Bein nachzog.

Sein Atem ging rasend, als er dann über die Wandung des Ballonkorbs ganz langsam stieg.

Du bist verletzt, Hans-Jürgen!"
Doch Hans-Jürgen war noch nicht in der Lage, Worte zu formen. Nicole konnte in der Dunkelheit kaum etwas erkennen, doch das Licht des einzelnen Strahlers genügte, um wenigstens die riesigen Flecken auf seinem Hemd zu zeigen. Sein Gesicht war schweißnass und wies Blutspritzer auf. Ihr Blick wanderte weiter über Hände und Hose.
Was zum Teufel war los?"
Hans-Jürgen keuchte, zog sie an sich, bis sich ihr Kopf an seinen Hals schmiegte.
Das möchtest du doch bestimmt, auch gar nicht wissen, Nicole. Ganz bestimmt nicht!"

*

Es kann los gehen", rief Dietmar vom anderen Ende der Seilhaltung jedoch herüber und setzte sich in Bewegung. Tobendes Gepolter aus der Werkstatt unterbrach er schnell seinen Lauf.

Jetzt aber schnell!

Dann schwang er sich über die Korbbrüstung und begann, die Halteseile zu lösen. Ein Ruck ging durch den Korb und Nicole hielt den Atem an. Was spielte es jetzt noch für eine Rolle, ob sie Höhenangst hatte oder nicht.

Dann begann sich der Korb schräg zu neigen und Dietmar fluchte.

Mein Gott, wer hat denn hier die Halteknoten gemacht?"

Er fummelte weiter daran herum. Den lauten Geräuschen aus der Werkstatt folgte ein Poltern.

Als Hans-Jürgens provisorische Werkbankbarrikade dann zu Boden kippte.

Nicole schob Dietmar zur Seite. Sie hob ihre Axt, holte aus und schlug zu. Die Klinge raste herab, zerschnitt das Seil und krachte nun fast ungebremst gegen die Unterkannte des Korbs, so dass die Schneide zwischen ihren Füßen im Inneren wieder heraus kam. Aber... hallo?" Dabei war Nicole froh, dass ihr das Gerät nicht sofort aus der Hand geflogen war. Es gab nun einen weiteren Ruck, der ihr dann beinahe, das Gleichgewicht raubte und danach befanden sie sich nun endlich in der Luft.

Mit einem lauten Knall schlug die Axt auf dem betonierten Hinterhof auf. Nicole blickte ihr nach.

Bald würde es da unten nur so von schwarzen Silhouetten wimmeln, was würde dann wohl mit ihrer sorgfältig blau gestrichenen Axt geschehen? Bei dem Gedanken drehte sich jedoch ihr Magen um. Vielleicht war es auch das Gefühl der zunehmenden Höhe. Erschöpft sank sie dann auf den Boden des Korbes. Hatten sie es denn endlich geschafft? Ihre Hüfte schmerzte und ihr Schädel brummte als wäre eine Herde Elefanten darüber hinweg gerannt.

Der Heißluftbrenner neben ihr donnerte unaufhörlich. Wenn nur der Antrieb langte um sie über den Ring aus Feuer zu tragen. Auf das Erlebnis eines brennenden Ballons über ihr kann sie heute Nacht gut und gerne verzichten.

Hans-Jürgen hockte neben ihr auf dem Boden. Dietmar beugte sich über ihn. Ihr Blick verschwamm, als sie versuchte genauer hin zu sehen. Jede Bewegung schien höllische Kraft zu erfordern. Doch als sie einen schmatzenden Laut hörte, sah sie noch einmal hin. War das gerade ein leises unterdrücktes Stöhnen von Hans-Jürgen? Nicole streifte ein kühler Hauch der Lust, als sie erkannte, was vor sich ging. Von ihrer eigenen Reaktion jedoch angeekelt kroch sie nun näher.

Mein Gott, Hans-Jürgen!"

Doch dieser reagierte jedoch nicht. Dietmar lag jedoch halb auf ihm und Nicole stürzte sich auf seinen Rücken.

Weg von ihm, los! Hör sofort auf, Dietmar, das kannst du nicht tun!"

Nicole hieb mit beiden Fäusten auf ihn ein, kratzte und biss ihn. Ihre Fingernägel gruben sich in seine Schultern. Schließlich erreichten Nicoles Fingerspitzen dann Hans-Jürgens Pistole.

Oh Gott, Dietmar, wenn du nicht sofort aufhörst... Hör auf Dietmar... bitte... hör doch auf!"

Dann krachte der Schuss und Dietmar sackte reglos schlaff über Hans-Jürgens Körper zusammen. Nicole hielt die Tränen nicht mehr zurück.

Oh Gott, Hans-Jürgen, ich... ich..."
Sie schluchzte.

Hans-Jürgen schien wie aus einem Traum zu erwachen.

Er schrak auf und stieß Dietmars reglosen Körper zur Seite, so dass der Korb zu schaukeln begann.

Nicole klammerte sich fest an die Brüstung, um nicht den Halt zu verlieren. Hans-Jürgen starrte sie aus weit aufgerissenen Augen an und tastete automatisch nach der schmerzenden Stelle an seinem Bauch. Mit Ekel spürte er die warme Feuchte dort.

Sag mir, dass das alles jedoch nicht wahr ist!"

Nicole zuckte mit den Schultern.

Tut mir leid, Hans-Jürgen. Diese Verletzung ist nun wirklich nicht meine Schuld."

Hans-Jürgen blickte auf Dietmars Körper. Der Schuss hatte direkt in den Kopf getroffen. Danach sah er sein zerrissenes Hemd.

Warum hast du dich denn gar nicht gewehrt?

Hans-Jürgen sah sie jedoch nur an,

und zuckte mit den Achseln.

Ich weiß nicht. Was ist überhaupt geschehen? Nicht einmal das kann ich dir zufrieden stellend erklären. Wie ein Schockzustand, in dem man die Kontrolle jedoch über sich verliert, Filmriss."

Nicole nickte.

Ich weiß, was du meinst. Aber was jetzt? Dieser irrsinnig,scheiß Idiot! Wahrscheinlich war er doch noch infiziert, oder?"

Hans-Jürgen blickte nun auf seine große, klaffende, Bauchwunde und runzelte die Stirn.

Das kannst du nicht mit Sicherheit sagen."

Oh doch,Hans-Jürgen. Nach allem, was ich bis jetzt gesehen habe."

Und was ist mit uns?"

Nicole hob nur ihre Schultern.

Ich denke schon."

Schweigen, nur der Heißluftbrenner rauschte unermüdlich und unter ihnen prasselten die Feuer. Nicole sah hinunter. Zum ersten Mal seit ihrem Start. Der Anblick hätte sie nun beinahe zurück in den Korb geworfen. Die Stadt unter ihnen. Tote, schwarze Silhouetten der Häuser, noch immer bis hoch zum Horizont. Und inmitten dieser undurchsichtigen Dunkelheit ein Reif aus reinigendem roten Feuer. Gigantisch, dass einem der Atem weg blieb. Nicole schnappte nach Luft.

Sieh nur da unten. Dietmar hatte so Recht. Wir befanden uns direkt in der Zone."

Ihr Zeigefinger deutete hinunter in die Dunkelheit.

Hans-Jürgen sah die Flammenschlinge, die sich von Minute zu Minute enger zusammen zog.

Obwohl ich es sehe, fällt es mir jedoch noch immer schwer, das zu glauben. Vielleicht sollten wir nun, Dietmar, in der Zone jetzt zurücklassen."

Nicole verstand, was Hans-Jürgen damit meinte. Ohne ein weiteres Wort griff sie nach Dietmars Füßen und zerrte ihn zur Brüstung. Hans-Jürgen ergriff dann den plumpen, schweren Oberkörper und jedoch gemeinsam wuchteten sie das, was einmal Dietmar gewesen war über den Rand des Korbes. Hans-Jürgen verfolgte, wie er in der Dunkelheit verschwand.

Nicole taumelte und sank plötzlich zu Boden.

Wahrscheinlich war ihr nun wieder schwindlig geworden. Hans-Jürgen hockte sich zu ihr.

Was ist nun mit uns?"

Keine Ahnung, Nicole. Wenn wir infiziert sind, dann..."

Diese legte ihre Hand auf seinen Mund.

Ich weiß, was das bedeutet, wenn wir zwei dem Feuer entgehen."

Weißt du das wirklich?"

Ich liebe dich, Hans."

Nicole presste beide Lippen aufeinander. Dann hatte sie plötzlich wieder Dietmars Waffe fest in ihrer Hand.

Nein! Nicole, das darfst du nicht tun... bitte, nicht!"

Doch Hans-Jürgen hätte so schnell nichts tun können. Ihr Finger zog den Abzug durch und es ertönte je, nur ein leises Knacken. Kraftlos entfiel die Pistole ihrer Hand. Und salzige Tränen tropften ihr in den Mund.

Das ist auch nicht unser Tag, Hans-Jürgen. Ich glaube, das habe ich dir heute schon einmal irgendwann gesagt." Sie schluchzte.

Hans-Jürgen zog sie nun zärtlich an sich. Vergiss das alles."

Ihr Gesicht lag an seinem Hals. Der Duft seiner Schulterwunde übte jedoch, eine unwiderstehliche Anziehungskraft auf sie aus. Dafür würde sie jetzt alles geben.

Hans-Jürgens Hände strichen nun tröstend über ihren Rücken, ihre Hüfte. Sie spürte den Schmerz, doch das schien irgendwie ihre Lust zu steigern. Du bist krank, Nicole. Mächtig gewaltig.

Scheiß drauf, was soll es sein! Sie streckte ihre Zunge aus, um den süßen Saft zu kosten.

Hans-Jürgens Hand spürte unter ihrem Shirt jedoch die klebrige Vertiefung. Er hatte keine Ahnung, was über ihn gekommen war. Wie vom Blitz getroffen!

Doch es gab nichts schöneres, als ihre Zähne in seiner Schulter zu spüren, wenn er jedoch seinen Appetit solange zügeln musste.

Dann schnappte auch er zu. Hinterließ Bissspuren auf ihrem ganzen Körper. Ihr saftiges Fleisch ließ ihm jedoch, das Wasser im Mund zusammenlaufen. Er erreichte ihren Mund und leckte sich die Zähne, als er dann ihre zarte Zunge spürte.

Nicole, konnte gar nicht genug von

ihm bekommen. Sie keuchte Lust-
voll, als seine Schneidezähne ihre
Zungenspitze abtrennten. Das Bild
verschwamm ihr vor den Augen.
Ich liebe dich auch", flüsterte ihr
Hans-Jürgen ins Ohr. Instinktiv
grub sie ihre Zähne in seinen Oberarm, um ein großes Stück heraus
zu reißen. Doch als Hans-Jürgen
ihr dafür in den Hals biss, verlor
sie endgültig das Bewusstsein.
Dunkelheit begann sie jedoch zu
umgarnen. Das Letzte, was bis zu
ihrem Bewusstsein vordrang war,
dass Hans-Jürgen mit dem Gesicht
reglos auf ihrer Hüftwunde liegen
blieb. Sie versuchte nun wach zu
bleiben, musste wach bleiben. Der
Horizont begann sich doch schon
rot zu färben. Blutrot. Bald würden
dann, die ersten Sonnenstrahlen je,

nach ihr lecken.

Doch nun plötzlich, machte jedoch ihr Gleichgewichtssinn, ihr einen Strich durch die Rechnung. Alles um sie herum schien sich je zu drehen. Sie fand nirgends Halt, sie schrie und stürzte jedoch dann in die unergründliche finstere Tiefe. Schnell! Sehr schnell. Der jedoch dämliche, pechschwarze, Boden kam immer näher. Viel zu schnell! Überall waren Flammen. Dann war es soweit! Ihr Schrei gellte, heiß, gleißend, schallend dann durch die unendliche Nacht und verklang.

*

Schweißgebadet saß nun Nicole in ihrem Bett. Ihr Herz raste. Der Atem stach ihr in der Lunge. Im ganzen Raum war je, ihr rasselndes

Keuchen jedoch zu hören. Mund und Augen weit aufgerissen, vom Schock wie gelähmt. Automatisch tastete sie neben sich. Gott sei Dank, er war hier, er saß nun direkt neben ihr. Jetzt legte er seinen Arm um ihre Schulter und zog sie je an sich.

Ist ja gut, Nicole, es war ja nur ein Traum."

Sie schluchzte, konnte ihre Tränen nicht mehr zurückhalten.

Ich möchte, dass das jedoch, bald aufhört, Hans-Jürgen!"

Dieser strich ihr zärtlich über den Kopf. „War es wieder..."

Nicole nickte.

Er drückte sie fest an sich.

Irgendwann, wird es jedoch, dann aufhören,irgendwann,wenn du dich wieder an alles erinnern und dann die Wahrheit kennen wirst."

Nicole blickte je an ihrem Körper hinunter. Sah jeden einzelne der verheilenden Narben auf ihrer Haut.

Was würde ich jedoch, nur ohne dich machen? So viele Male... Wie soll ich dir nur für diesen Trost danken? Jedes Mal!"

Hans-Jürgen winkte jedoch ab.

Du hast mich schon oft genug aus meinem eigenen Alptraum zurückgeholt. Das ist dann wohl nun das Mindeste, was ich auch für dich tun kann."

Sie zog ihn fest an sich und küsste seine Narbe.

Ich liebe dich auch, Hans-Jürgen.

*

*

An das, was in dieser Verhängnis-vollen Nacht, jedoch ihrer ersten gemeinsamen, vor über einem Jahr tatsächlich geschehen war, konnte sich nun keiner von beiden mehr präzise erinnern. Das Einzige, was man mit Sicherheit feststellte:

Sie zwei waren wohl die einzigen Überlebenden eines der jedoch, gewaltigsten, Großflächenbrände, wie sie es seit dem Mittelalter gar nicht mehr gegeben hat, und bis heute noch ungeklärt.